# ÇA COMMENCE PAR LA FIN

MICHAËL COHEN

# ÇA COMMENCE PAR LA FIN

*roman*

Julliard
24, avenue Marceau
75008 Paris

ISBN 978-2-260-01731-8

# I

Il est cinq heures. 17 heures. Gabrielle doit arriver à six heures. 18 heures.
Je l'attends.
Je l'attends depuis ce matin.
Je n'ai rien fait de la journée, pris aucun rendez-vous, aucun coup de fil, pas ouvert mon courrier, non plus répondu à la sonnette de ma porte d'entrée, pas allumé la télé, la radio, pas de journaux, pas de musique, rien.
Je veux l'accueillir le plus neuf possible. Sans influence quelconque. Je veux lui ouvrir la porte moi, moi seul.
Je l'attends depuis ce matin.
Non, je l'attends depuis un an. Douze mois.
Je n'ai rien fait d'autre depuis tout ce temps et pourtant je n'ai jamais essayé de la revoir.

J'hésite à boire un verre. Je suis un peu nerveux mais pas trop. Je me demande si l'alcool pourrait apaiser cette petite anxiété. Mais je ne sais pas si je désire réellement m'en débarrasser. Non, je la garde. Je garde tout. Et tant pis si je tremble un peu. Si j'ai froid. Et puis chaud. C'est comme ça que je suis aujourd'hui. Je ne veux pas me déguiser. Mes vêtements justement. J'ai d'abord mis un jean et une chemise. Cette chemise verte en lin qu'elle adorait. Puis j'ai changé de pantalon. Un pantalon en lin aussi. Noir. Tout lin ? C'est trop. J'enfile un tee-shirt. Noir. Tout noir ? J'aime cette couleur. Oui c'est une couleur. Ou alors qu'on me dise ce que c'est. Je suis sombre. Comme en deuil. Mais je n'ai perdu personne. Je la retrouve au contraire.

Je regarde par la fenêtre. Ma rue s'active d'un coup. Une excitation générale. Comme si tout le monde était au courant. Mais non, ils rentrent du travail. Ils sont pressés. Ils ont faim. Soif. Ils ont hâte de retrouver leur maison, leur famille, leur chien. Ils sont pressés de recommencer ce qu'ils ont déjà fait hier. Je les juge. J'ai l'impression que tous ces gens ont une vie sans intérêt. Qu'ils s'ennuient à mourir. Non, je ne les juge pas. Qu'ils rentrent. Qu'ils retrouvent leur vie paisible ou contrariée. Je les envie. J'aimerais rentrer chez moi, moi aussi. Et retrouver ma vie paisible. Je les envie. Et les remercie. Car toute leur agitation me donne une indication essentielle. Il ne doit pas être très loin de six heures. 18 heures.

Je récupère ma chemise verte. Mets mes chaussures noires. J'ai peur d'être trop chic. Je veux qu'elle me trouve beau mais pas trop. Je veux qu'elle se sente à l'aise. Mais pas trop. Si je suis tendu, je veux qu'on le soit tous les deux. Je me regarde dans la glace, ni beau ni laid, je ne me vois pas, je pense à elle. J'allume une bougie, l'éteins. Allume la lumière, l'éteins. Je ne sais plus. J'arrête. Une seconde. Je ferme les yeux. Essaie de faire le vide. Mais je n'y arrive pas. Mille pensées me traversent l'esprit. Elle, elle, elle...

J'ai soif. J'ai envie d'aller aux toilettes. Non, me laver les dents. Ne pas oublier de me faire une aspirine aussi. Préventive. Je vais avoir très mal à la tête. Mon appartement est rangé. Mais trop. Je sais qu'elle n'aime pas une maison trop rangée. Je n'ai jamais su faire autrement. J'ai besoin d'y voir clair. Je bouge un fauteuil. Quel désordre ! Non, ça ne change rien. Ce lieu est définitivement bien rangé. Je ne peux rien y faire. Une gorgée d'eau. Vite, j'ai la gorge sèche. De l'eau. Mon frigo est bloqué ! Ah non, je pousse au lieu de tirer. C'est étrange, comme si mon cerveau inversait tout. Il faut que je sois vigilant. Ne pas lui serrer la main.

Mais pas de bises non plus. Non pitié, pas de bises. Une accolade, un « hug » ? Au secours non, pas l'accolade de l'amitié. Un baiser sur la bouche peut-être. Rapide mais tendre. Non, non, non. Je ne sais pas.

Mon four me signale qu'il est l'heure. À partir de maintenant, elle peut arriver. Je sais qu'elle est d'une rare ponctualité. J'attends. Où ? Devant la porte ? Dans le salon ? Sur mon petit balcon ? J'ai envie d'aller dormir. Une petite sieste d'un quart d'heure. M'étendre une seconde. J'y vais. Je m'allonge. Sur mon lit. Je ferme les yeux. Ils s'ouvrent. Je les referme. Se réouvrent. Ça y est. Mon corps est en alerte. Il ne peut plus rien faire d'autre que de la recevoir. J'ai peur de sursauter quand l'interphone sonnera. Je pourrais tomber. Me cogner la tête. Plonger dans un coma profond. Mourir même. On retrouverait mon corps dans quelques jours. Elle, m'en voudrait encore de ce rendez-vous manqué. Pas un message, pas un coup de fil. Mais non Gabrielle, tu ne comprends pas, je suis mort. Je suis mort au moment où tu as appuyé ton doigt sur l'interphone. Tu m'as tué, Gabrielle. Ne m'en veux pas.

Qu'est-ce que c'est ? J'entends un bruit bizarre. Une sirène hurlante dans ma tête. Je me réveille d'un coup. On sonne. On sonne. Je me suis endormi. Mais combien de temps ? Je cours vers le four. Il est six heures quatre. 18 h 04. J'ai dormi quatre minutes. Je n'en reviens pas. Il faut que je remette mes idées en place. Tout est confus. Qu'est-ce que je fais là ? Qui sonne ? Pourquoi cette chemise ? Quel jour sommes-nous ? Comment je m'appelle ? Qui est le président de la République ? Gabrielle... Oui, je vais voir Gabrielle.

J'ouvre la porte. Elle est là. C'est elle. Je la reconnais. C'est elle.
Elle. Une petite tronche blonde, ni trop grande, ni trop petite, l'élégance incarnée, des yeux, un nez, une bouche, des pommettes, un menton, des oreilles, un cou. Oui, c'est elle. Je la regarde sans pouvoir rien faire d'autre. Je crois qu'il n'existe pas un être plus joli que cet être-là. Je ne sais pas ce qu'est la beauté puisqu'elle ne peut être que subjective, mais je sais qu'objectivement je ne connais pas de femme plus belle qu'elle.

Elle s'avance vers moi. Je ne sais pas quoi faire. Je reste immobile. Pas de bises, s'il te plaît. Pas de baiser sur la bouche, je t'en prie. Pas d'enlassades, je t'en supplie. Elle s'approche de mon cou. Doucement. Sans un mot. Elle me respire. J'ai envie de pleurer. Mais me retiens. C'est trop tôt. Et puis j'aime pleurer seul. Elle reste un instant comme ça. À me respirer, me humer. Comme un animal, elle retrouve cette odeur familière. Cette odeur qui, plus que n'importe quoi d'autre, lui indique que c'est bien moi. Oui, c'est bien moi.

— Ça va ?

Non, Gabrielle, ça ne va pas. Pas du tout. Je me sens fébrile. Je dois avoir la grippe. Il faut que je pense à prendre cette aspirine. C'est le moment. J'ai peur. Je ne suis pas sûr de ma tenue vestimentaire. Mes cheveux sont-ils comme tu les aimes ? J'ai dormi quatre minutes, autant dire un an, douze mois, et ma tête est à l'envers. Je pousse au lieu de tirer. J'ai envie de pleurer au lieu de sourire. Je voudrais partir. Te laisser là. Tu peux te servir. Boire ce que tu veux. Manger ce que tu veux. Tu n'auras qu'à claquer la porte en partant.

— Oui, ça va. Et toi ?

Non, non, pas ça, non plus. Pas de banalités. Pourquoi pas parler du temps, pendant qu'on y est ? Oui, c'est vrai, y'a plus de saisons. Mais bon, comment dire... je m'en fous. Je m'en fous des saisons. Des changements climatiques. Quand j'aurai plus que ce problème à régler dans ma vie, on en reparlera. Pour l'instant, je prends le temps comme il vient. Qu'il pleuve, qu'il neige, ça me va. Tout me va. Je ne sais même pas quel jour, quel mois, quelle année, quelle heure nous sommes. Ah si, l'heure. Il est six heures treize. 18 h 13. Mon four est toujours à l'heure. Il ne sert qu'à ça d'ailleurs. Je ne l'utilise jamais. Je n'aime que les pâtes.

Gabrielle est entrée. Elle se balade dans cet appartement qu'elle connaît par cœur. Elle sourit.

— Tout est là. Rien n'a changé. Ta cuisine dans l'entrée. Comme une invitation immédiate à rester manger. Ton salon, bien rangé. Trop. Ta chambre, toujours sombre. Comme une grotte. Ta salle de bains, noire. Pas une couleur. Pas d'espoir. Ton bureau, rempli d'objets bizarres, de livres, de feuilles, de feutres, de gadgets improbables. Le seul endroit que j'aime bien ici. Le seul endroit vivant.

Merci pour le compliment. Ça me touche beaucoup. Tu veux que je te parle de chez toi ? Des odeurs de chats, de chiens, des chaussures sur les tables, des affaires qui traînent, des cendriers qui débordent, des peintures de ton ex, des photos de ton ex, des caleçons de ton ex, des... Non, ce n'est pas vrai. J'aime chez toi. Chez toi, c'est toi. C'est la vie. La vie partout. La vie qui prend le dessus sur tout.

— Tu m'offres quelque chose ?

— C'est-à-dire ?

— Euh... un truc à boire par exemple.

— Ah oui, oui, bien sûr. À boire. Tu veux un café ?

— Un café... Oui, je veux bien un café.

La première fois qu'elle a bu un café chez moi, j'ai eu l'impression qu'elle découvrait le café. Elle le sentait, le regardait, buvait de minuscules gorgées, ponctuées de « hum ». Elle disait que ce café était tellement bon qu'elle pourrait en boire cent d'un coup. Elle s'émerveillait de ce café. Pas que de ça d'ailleurs. De tout. Quand on l'observe bien, on a le sentiment qu'elle vit pour la première fois ce qu'elle est en train de vivre et s'en émerveille pour la première fois. Je crois qu'elle n'a pas changé.

— Hum. Il est bon.

Par où commencer ? J'ai tellement de choses à te dire. Quand nous nous sommes quittés, j'avais encore tellement de choses à te dire. Pourquoi avons-nous arrêté ? Pourquoi tout et soudainement rien, plus rien ? Comment avons-nous fait pour accepter de vivre l'un sans l'autre ? Ayant connu l'un avec l'autre. C'est le plus grand mystère de la vie. Pourquoi nous sommes-nous séparés ?

— Oui ? Tu veux un petit gâteau avec ?

Elle me regarde. Sans expression. À quoi pense-t-elle ? Peut-être à la même chose que moi. Peut-être les mêmes interrogations. La même incompréhen-

sion. Peut-être cherche-t-elle dans mon regard une réponse à toutes nos questions.
— Non. Ça va.

Elle va ouvrir la fenêtre, s'assoit sur le petit balcon et allume une cigarette.
— J'ai arrêté moi.
— Quoi ?
— La cigarette.
— Mais t'as jamais commencé !

Je ne dois pas avoir une tête de fumeur. Pourtant si. Un jour, une nuit plutôt, j'ai voulu tirer une bouffée sur ta cigarette. Je voulais partager ça avec toi. Cette douceur et cette violence mélangées. Je voulais partager ce moment où l'on ne fait rien d'autre que d'aspirer cette brume piquante, sans se parler, côte à côte, comme une pause. Une union. Quelques jours plus tard, je fumais un paquet par jour. Encore quelques jours plus tard, je fumais le matin à jeun. J'ai tout arrêté en même temps, le goudron et toi. Je ne sais pas ce qui a été le plus dur. Les deux.

— Tu as quelqu'un ?

Quoi répondre ? Si je dis oui, elle est capable de partir sur-le-champ. Si je dis non, j'aurai l'air désespéré. En même temps, je ne sais pas si je suis avec quelqu'un. Je vois des gens. Je ne suis pas avec eux et eux encore moins avec moi. Il faut que je sois fin sur ce coup. Heureusement que je suis bon aux échecs.

— Et toi ?

— OK, d'accord, t'es avec quelqu'un. La question retournée, c'est un classique. Ça va, t'inquiète pas. Tout va bien. Tant mieux si t'es heureux. Elle s'appelle comment ?

Comment elle s'appelle ? J'en sais rien, moi. D'accord, réfléchis. Soit c'est un piège et ne tombe pas dedans. Soit ce n'est pas un piège et ne t'enfonce pas. Dans les deux cas, je suis cerné. Que ferait Kasparov à ma place ?

— Non, je n'ai personne.

— Ça n'a pas l'air de te réjouir.

Et merde ! Elle a toujours un coup d'avance.

— Jean...

Oui, je m'appelle Jean. Je n'aime pas mon prénom. Trop court. Il ne demande aucun effort. Une syllabe et ça y est. Comme un diminutif. Je n'aime pas les diminutifs. J'aime les longs noms. Gabrielle. Gabrielle, ça prend du temps à prononcer. J'en savoure chaque sonorité. La gravité et la légèreté. Mais Jean, Jean c'est... c'est rien. J'aurais voulu m'appeler anticonstitutionnellement. Voilà quelque chose de sérieux. Un prénom qu'on ne prononce pas à la légère. Il faut vraiment avoir envie de parler à la personne. J'y penserais pour mon enfant si, un jour, ça m'arrive. À l'avance, je lui présente mes excuses. Je sais qu'il essuiera quelques quolibets durant sa scolarité mais plus tard il me remerciera.

— Jean...

— Oui ?

— Moi... Moi, j'ai quelqu'un.

Mon aspirine. Vite. Ça y est, j'ai mal à la tête. Je deviens sourd tellement ça cogne. J'ai un vertige. M'asseoir. Non, rester debout. Digne. La dignité des grands hommes. Impassible. Mais ma tête... Ma tête vient d'imploser. Quelle bonne idée j'ai eu de faire cette aspirine.

— Tu m'excuses une seconde ?

Je la bois cul sec. Et en prépare une autre, aussi sec. Cette soirée va être riche en paracétamol.

— Ah... C'est bien. Enfin je veux dire... c'est bien ? Enfin, non, je veux dire tu... tu es amoureuse ?

Fais bien attention à ta réponse Gabrielle. Tu me connais, je peux avoir des réactions complètement imprévisibles. Je peux devenir fou. Un dingo. El loco. Je peux tout casser ici. Je... ma tête... j'ai mal.

# II

Elle était assise à une terrasse de café. J'étais derrière. Légèrement en diagonale. Sur un échiquier, si j'avais voulu l'atteindre, il aurait fallu que je sois le Cavalier. En L. Je m'étais pris de passion pour les échecs quelques mois auparavant. Et je m'étais découvert, n'ayons pas peur des mots, un don. Inné. J'y jouais tellement que je commençais à voir le monde à travers le déplacement des pièces. Empathie totale. Pour aller à tel endroit, je me voyais en Pion, en Fou, en Tour, en Reine, en Roi... Là, j'étais un Cavalier. Mais un minimum d'éducation m'interdisait de lui sauter dessus.

C'était la première fois que je venais dans ce café. Je sortais d'un rendez-vous. Il faisait beau. Mois de mai. J'avais envie de faire une pause. Je ne l'ai pas remarquée tout de suite. Quand je rentre dans un café, je baisse la tête et ne regarde personne. Tant que je ne suis pas assis, j'ai l'impres-

sion d'être un intrus. Que l'on va me jeter des pierres. Quand enfin je suis installé, je me sens intégré au groupe. Admis. Aimé presque. Ce n'est qu'à ce moment-là, alors que je découvrais ma nouvelle famille, que je l'ai vue. Sa nuque. Et un quart de son profil. Mon cœur s'est arrêté de battre mais paradoxalement ma respiration s'est accélérée. Je crois que le serveur m'a demandé quatre fois ce que je voulais.
Elle. C'est elle que je voulais.

Elle mangeait un citron. Enfin, plus précisément, la peau. Elle croquait dans ce fruit comme d'autres croquent une pomme. Je voyais ce citron perdre progressivement son enveloppe pour ne laisser apparaître qu'une fine couche blanche. Puis, elle le reposa. Et n'y toucha plus. Elle n'en aimait pas le jus, juste la peau. J'imaginais l'odeur citronnée de ses doigts, de ses ongles, de sa bouche. J'ai annulé ma commande et demandé un citron pressé. Je n'ai pas voulu mettre de sucre. Je l'ai bu doucement. Difficilement. En me forçant un peu. Très amer.

Le lendemain, j'y suis retourné. À la même heure. Six heures. 18 heures. Elle était là. À la même place. Un citron pas encore entamé posé sur sa table et un café déjà consommé. Des journaux, des livres, des feuilles, un stylo. J'ai pris mon courage à deux mains, et je suis entré dans le café la tête haute. Je l'ai regardée. Observée, tout en avançant. Heurté un serveur qui je crois m'a insulté mentalement et me suis assis à une table, différente de la veille pour pouvoir la découvrir sous un angle nouveau. Je ne sais pas si elle m'a vu. Plus tard elle me dira que non. Je ne l'ai jamais crue. Je crois qu'elle m'a vu, et aimé à cet instant même.

J'ai commandé un café. Déjà l'envie de mélanger ses petits plaisirs aux miens. D'imaginer que les mêmes arômes allaient se dégager de notre bouche. Un homme est arrivé à sa table. Il s'est assis. Elle s'est mise à sourire, le regarder droit dans les yeux et avoir des gestes presque tendres. Sur un échiquier, il aurait été un Pion. Et je l'aurais bouffé immédiatement. Mais dans la vie, je n'avais pas d'autres possibilités que d'assister à cette scène sans bouger. Je ne pouvais que regretter d'être venu dans ce café sans un arc ou une arbalète. Deux armes extrêmement précises et silencieuses.
Mon café est arrivé. J'y ai mis du sucre, comme elle. Écœurant.

Le lendemain, je suis revenu. À la même heure. Elle n'y était pas. Le surlendemain, pareil. Et ainsi de suite pendant je ne sais plus combien de jours. Je maigrissais à vue d'œil. Ne dormais plus. Ne voyais plus personne. Ne répondais plus au téléphone. Ne payais plus mes factures. Buvais café sur café. Sans sucre. J'avais l'impression d'errer. De vivre dans un monde parallèle. Dans lequel l'espèce humaine avait disparu. Que nous étions les seuls survivants. Mais qu'elle ne savait pas où me retrouver alors que le premier réflexe en cas d'apocalypse était, naturellement, de revenir dans ce café. Point évident de ralliement pour les deux rescapés que nous étions. L'humanité était en danger. Nous nous devions de nous reproduire.

Je suis venu tous les jours. J'arrivais à huit heures du matin et repartais à dix heures, onze heures. 22 heures, 23 heures. Je commençais à devenir un habitué du lieu. Les serveurs devenaient sympathiques avec moi. Et pire, ils se mettaient à me parler. Engager des conversations. En temps normal déjà, c'est-à-dire en temps où mon esprit n'est pas prisonnier d'une seule et unique pensée, je n'aime pas que les garçons de café, ou les filles même, me fassent la conversation. Soit ce sont des banalités. Soit c'est trop intime. Dans les deux cas, ça me dérange. J'aime les cafés pour ce qu'ils offrent d'isolement accompagné.

— Ça va ? La forme ?

Ta gueule.

Un énième matin, en arrivant, je l'ai vue. Première arrivée. Elle buvait un grand café, mangeait un petit pain au chocolat et lisait un quotidien. Mes jambes se sont mises à trembler. Mais mon pantalon était large. Tel un homme sans peur, je me suis installé à la table d'à côté. Je l'ai regardée. Elle aussi. J'étais figé. Elle m'a souri. Le serveur, mon sauveur, est arrivé.

— Ça va ? La forme ?

— Oui, bien, merci. Et vous ?

— Comme un matin.

Passionnant.

— Qu'est-ce que je vous sers ?

— Euh... Je vais prendre un café et... vous avez des pains au chocolat ?

Notre premier petit déjeuner.

Je ne travaillais plus. L'argent commençait à devenir un problème. Surtout que je me faisais un devoir de renouveler mes consommations toutes les heures. Je revendais tout ce que je pouvais revendre. Ordinateurs, télé, pulls, CD, livres, films, ventilateurs, chaises, lampes, serviettes de bain. Sur Internet, les gens sont fous. Ils achètent tout. Je savais que ça ne durerait pas toute la vie mais qu'il fallait tenir un temps. Le temps d'oser aller lui parler, la prendre dans mes bras et l'aimer jusqu'à ce que la vie nous sépare. C'était comme si j'étais en congé, sans solde. Et sans congé non plus. Car ce n'était pas, à proprement parler, des vacances.

Et si j'étais déçu ? Et si elle était, en fait, la reine des abruties ? Ne valait-il pas mieux garder cet amour en l'état, sans l'abîmer par des découvertes monstrueuses ? J'étais tombé amoureux d'une femme dont je n'avais même pas entendu le son de la voix. Régression absolue. Pourquoi pas tomber amoureux d'un mannequin qui ferait une publicité pour un yaourt ! Qu'est-ce que j'aimais à ce point chez elle ? Elle, plus que n'importe qui d'autre au monde ? Je me suis rassuré un temps en me disant que notre histoire serait plus belle si nous ne nous parlions pas. Plus forte si nous en restions là. J'aurais pu être le sujet idéal d'un magazine féminin : « Les hommes sont-ils plus raisonnables que nous ou tout simplement de gros connards habités par la lâcheté ? »

Le lendemain, il pleuvait. La terrasse était vide. J'ai fait un tour rapide à l'intérieur. Personne. Je me suis installé dehors. Le serveur m'a demandé si j'avais un problème de douche chez moi ou une blague pourrie dans le genre. Je ne lui ai pas répondu. J'avais juste envie de lui casser la gueule. Pour non-respect de la solitude d'autrui. En réponse à mon silence, il m'a demandé si je voulais un petit café. J'ai hoché positivement de la tête. Dégage, lâche-moi, fous-moi la paix, va rigoler avec tes collègues.

Je suis resté toute la journée, sous la pluie, seul, à cette terrasse de café. J'étais malheureux. Un chagrin d'enfant. J'entendais des petits ricanements derrière moi. Ricanez, ricanez...

J'étais malade. Physiquement. Impossible de sortir de mon lit. La grippe. Une grippe au mois de mai. Ridicule. Pendant trois jours. Trois jours sans pouvoir aller la voir. Partager un café, un pain au chocolat, un citron avec elle. Trois jours que j'ai cru être les derniers. Je me sentais partir doucement. Je n'avais plus de force. Je ne pouvais plus me battre. J'ai vu ma vie défiler. Et dans ma vie, il n'y avait qu'elle. J'étais au seuil de la mort et elle était la seule personne que je voulais revoir à ce moment-là. Je pense que la maladie augmente notre penchant naturel à la tragédie. Verdi aurait été fier de moi.

Encore un peu fragile mais revivifié par un mélange de médicaments prescrits par un mélange de médecins, j'ai fait mon grand retour. Il faisait beau. J'étais heureux de tout. Content même que le serveur me demande de mes nouvelles, presque inquiet de mon absence. Je m'en suis voulu de ne pas lui avoir passé un petit coup de fil ou lui envoyer un mot pour le rassurer. Ça ne se reproduira plus, l'ami. Plus jamais je ne te laisserai dans cette inquiétude-là. Vas-y, sers-moi de ton meilleur café et c'est pas la peine de me mettre un sucre. Elle est apparue dans l'après-midi. Plus belle que jamais. Je crois, sans exagérer, que j'assistais là, en direct, à l'un des plus beaux jours de ma vie.

Elle s'est approchée de moi. J'ai presque cru qu'elle allait s'asseoir à ma table. Mais ce miracle n'a pas eu lieu. Un autre s'est produit. En voulant me dépasser, elle m'a frôlé. Sa main a effleuré mon épaule. Je crois que j'ai joui. Dans ma tête bien sûr. Je ne suis pas aussi rapide. Une jouissance rare, qui n'arrive pas souvent dans la vie.

— Pardon.

Voilà, le premier mot qu'elle m'a dit. Je comprends maintenant l'émerveillement des parents lorsqu'ils entendent leur enfant sortir un premier son. C'est souvent papa ou, quand ils sont très forts, maman, car plus difficile à prononcer. Elle, c'était pardon. Pardon, de te faire souffrir comme ça, pardon de te faire attendre autant, pardon de n'être pas tous les jours à tes côtés. Pardon pour le mal que nous allons peut-être nous faire.

Une voix magnifique. Un peu rocailleuse mais pas agressive. Un son qui surgit des profondeurs. Il y a de la force dans cette voix-là. De la tendresse aussi. Plus dissimulée mais perceptible. J'aurais voulu pouvoir enregistrer ce pardon. Et l'écouter en boucle pour en découvrir chaque aspérité, chaque nuance. Je n'ai rien répondu. Trop de bouleversements d'un coup. Elle s'est assise derrière moi. Un peu décalée. Je pouvais la sentir de mon œil droit. La partie s'était inversée. Je me sentais observé à mon tour. Analysé. Elle était la Reine.

Le soir même, j'ai voulu coucher avec une fille. N'importe qui. Faire l'amour avec elle par personne interposée. Me retrouver dans le noir avec la première qui accepterait mon invitation. Je sais, c'est idiot, mais je ne nie pas mon idiotie. Une fille est venue chez moi. Nous avons échangé trois phrases et je l'ai emmenée dans ma chambre. J'avais retrouvé toute mon énergie. Et, tandis que je la possédais, je lui ai demandé de s'excuser.

— De quoi ?

— D'être ce que tu es.

— ... Excuse-moi.

— Non, demande-moi pardon.

— Pardon, pardon, pardon...

Après elle m'a remercié car, effectivement, elle se sentait coupable et le fait de demander pardon l'avait excitée comme jamais.
Oui, mais maintenant il faut partir.

Pardon. Pardon de t'avoir trompée. Je ne le referai plus, je crois. Mais tu comprends, cette journée était tellement remplie d'émotions qu'il fallait bien que ça ressorte quelque part. Et puis j'imagine bien que toi aussi tu as une vie. Un homme. Ou plusieurs. Peut-être même qu'au même moment quelqu'un te prenait contre la table de ton salon et te faisait hurler les mots les plus salaces. Peut-être même qu'il t'a joui sur le visage. Et que tu as aspiré son sexe jusqu'à la dernière goutte. Et que... Pardon. Pardon pour ce que j'ai fait.

Le lendemain, elle était là. J'ai à peine osé la regarder. Honteux. Elle s'était assise en retrait comme pour m'empêcher de m'installer derrière elle. Mais j'y suis quand même parvenu. La partie devenait de plus en plus serrée. Elle croquait son citron et buvait de l'eau. Elle était douce, calme, sereine. Et moi je me sentais volcanique. Bouillant. Tourmenté. J'avais envie de lui parler. Je me sentais assez Fou aujourd'hui. Mais il me fallait encore un peu de temps. Ce n'est pas quelque chose qu'on peut faire à la légère.

Un homme s'est approché d'elle. Apparemment un inconnu. Il lui a parlé un peu. Je n'ai pas réussi à entendre ce qu'il disait. Je m'y connais assez mal en beauté masculine mais il me semblait être dans une bonne moyenne. Elle l'a invité à s'asseoir à sa table. Ils ont parlé pendant au moins deux heures. Elle l'écoutait attentivement sans vraiment réagir. Elle le relançait parfois mais pas plus. Quand il s'est levé, elle s'est retournée vers moi. Je devais être aussi blanc que le sucre que je ne mets pas dans mon café. Elle a eu une expression qui m'a semblé un peu sévère. Je ne sais pas si elle m'en voulait de ma nuit passée avec une autre ou du fait de n'avoir pas été cet homme assez courageux pour venir lui parler.

À sa table, je voyais défiler tous les mâles de la planète. Des amis, des inconnus, des amants sûrement aussi. Elle invitait certains à s'asseoir et priait d'autres de la laisser tranquille. Lorsque je pouvais écouter la conversation d'un de ces hommes, je le trouvais bête. Mais quand j'étais trop éloigné pour entendre, ils avaient l'air, tout à coup, très intelligents et passionnants. Il me semblait qu'ils s'étaient tous donné comme consigne, peut-être par télépathie, de venir l'aborder sous mes yeux. De m'écraser de leur supériorité machiste. Ils avaient des couilles. Ils voulaient que ça se sache.

Je n'ai jamais su aborder une fille dans un café ou ailleurs. Je sais qu'il y a de grands spécialistes en la matière. Qui vous diront que vous n'avez rien à perdre. Qu'il suffit de vous lever, d'aller voir la personne, de lui dire quelque chose comme : « Ça fait un petit moment que je vous observe de loin, j'avais envie de me rapprocher. Je peux m'asseoir ? » Oui, non, merde. Si c'est non, on va se rasseoir. Si c'est merde, on a le droit de s'énerver un peu. Et si c'est oui, tout peut arriver. C'est vrai que ça paraît simple. Alors pourquoi ? La peur d'être rejeté ? Blessé dans son orgueil ? De ne pas se sentir aimé ? Pas aimé, rappelons-le, d'une personne qui ne connaît rien de votre existence et inversement. La peur de déranger ? Je n'ai jamais compris.

C'était notre anniversaire. Un mois jour pour jour depuis notre première rencontre. Et elle était là. Je pense qu'elle n'aurait raté ce rendez-vous pour rien au monde. Les femmes ont, paraît-il, un sixième sens extrêmement développé. C'en était la preuve directe. Dire qu'elle était plus belle que jamais serait trop réducteur. Elle était là, c'est tout. Joyeuse, souriante, fumant, buvant, lisant, plaisantant avec les serveurs, bien coiffée, pas maquillée. Il y a des jours où tout est en place.

On était mercredi. J'aime le mercredi. C'est le jour des bilans. Faire un point sur les jours écoulés de la semaine. Et des projets. Imaginer de quoi seront faits les derniers jours. Certains attendent le 31 décembre pour faire des bilans. Moi, c'est le mercredi. Et la conclusion était que je ne pouvais plus attendre. Un jour de plus et je ne serais plus que l'ombre de moi-même. Un jour de plus et je sentais, animé par une intime conviction, que je la perdrais. L'urgence est montée d'un coup. La pression aussi.

Il y a quelque chose, également, que je n'ai jamais réussi à faire, c'est d'arriver chez les gens les mains vides. Un bouquet, du champagne, un dessert, un livre ou une bouteille d'eau même. Mais jamais sans rien. Je ne sais pas d'où ça me vient. D'aucuns diront que c'est le résultat d'une éducation exemplaire. Je les arrête tout de suite. Elle ne l'a pas été. Je crois simplement que je ne conçois pas l'idée qu'on puisse m'accueillir quelque part, moi et moi seul, sans être accompagné d'une offrande quelconque. Le sentiment de n'être pas assez suffisant.

Je ne pouvais pas m'inviter à sa table comme ça. Je ne le pouvais pas, c'était au-dessus de mes

forces. Mais quoi ? Je n'allais pas arriver avec un bouquet de fleurs. Lui faire porter un verre, c'est bon pour les films d'espionnage des années soixante-dix. Un livre, je ne connaissais pas encore ses goûts. Lui imposer les miens aurait presque relevé du fascisme. Alors je réfléchissais. J'avais une vue parfaitement dégagée de sa table. Un café, des journaux, un stylo, un téléphone. Je savais qu'il manquait quelque chose mais je n'arrivais pas à trouver quoi. Et je sentais les secondes, les minutes, me filer entre les doigts. Je me voyais déjà reporter à notre prochain anniversaire. Je perdais confiance. Je m'enfonçais dans mon impuissance. Et puis, un éclair, une vision. Ou plutôt une non-vision.
Un citron.

Je me suis précipité chez le premier épicier venu. J'ai vu une belle caisse de citrons. Je l'ai prise. Il m'a dit qu'il fallait les peser. Mais je n'avais pas le temps. Il aurait fallu les sortir de leur caisse et les passer sur la balance au mieux quatre par quatre. Vraiment pas le temps. Je lui ai demandé d'en estimer le coût et que je payerais le double. Vite. Elle peut partir. Il a réfléchi trente secondes, qui m'ont paru une éternité, et il m'a fait un prix d'ami. Alors que l'on se rencontrait pour la première fois. Il y a des jours où tout va bien.

Je me suis approché d'elle. Avec ma caisse de citrons. Elle m'a regardé moitié étonnée, moitié amusée. À bien y réfléchir, je crois qu'elle n'était pas si étonnée que ça, ni amusée d'ailleurs. J'étais devant elle, avec ma caisse de citrons et je ne savais pas quoi lui dire. Je n'y avais pas réfléchi. Complètement oublié.

— Je sais c'est ridicule mais...

— Asseyez-vous.

Ni oui, ni non, ni merde. Je me suis assis. J'avais l'impression que toute la terrasse nous observait et assistait à la scène comme s'ils étaient au spectacle, espérant certainement, secrètement, un soufflet ou, mieux, un bel esclandre.

D'abord un silence. Par où commencer ? Tellement de choses à lui dire.

— Comment vous vous appelez ?

— Gabrielle.

Je ne sais pas si je l'ai rêvé ou réellement entendu mais il m'a semblé que toutes les personnes présentes autour de nous murmuraient, comme d'une seule voix, des « oh », des « ouh » et des « ah ».

« Oh... »

— Gabrielle... C'est joli.

— Et vous ?

— Jean.

« Ouh... »

— C'est...

— C'est court, je sais.

« Ah... »

Un silence encore. Il fallait que je me débarrasse de ces formalités au plus vite.

— Qu'est-ce que vous faites dans la vie ?

— On s'en fout. Et vous ?

— Pareil.

# III

— Je ne sais pas. Je suis bien avec lui. Il me rassure. J'ai des amants aussi. Ils me rassurent aussi.

OK, plusieurs informations d'un coup. Tu es avec quelqu'un. Tu couches avec tout le monde. Et toute cette joyeuse troupe te rassure. Où ai-je mis ce revolver qui devait me servir en cas d'envie immédiate de suicide ? Mince, je ne l'ai jamais acheté. Voilà ce que c'est que de toujours tout reporter au lendemain.

— Ah... Des pâtes, ça t'irait ?

De toute façon que ça t'aille ou pas, c'est la même chose. Tu ne vas pas en plus m'imposer le menu. Je n'ai tellement pas faim... Mais il faut que je me force. Je sens que je maigris à vue d'œil. Depuis qu'elle est arrivée, j'ai dû perdre deux kilos.

L'eau est en train de bouillir. J'ouvre une bouteille de vin.

— Tu as de la bière ?

Ah oui, c'est vrai, tu n'aimes que la bière. Mais Gabrielle, ça pue la bière, tu n'as pas encore compris. Ça donne une haleine de foin fermenté. Tu n'as jamais couché avec un supporter de foot ? Non, non pas sur toi. Ça n'altère en rien la douceur de ton souffle. Rien ne t'atteint, toi.

— J'ai oublié. Tu veux que je descende en acheter ?

Je sais que tu vas dire non, mais bon, tu vois, j'y mets un peu les formes.

— Oui, je veux bien. J'ai besoin de boire quelque chose. Ça va me détendre.

Comment ? Tu veux que je sorte de cet appartement et que je te laisse seule ici ? Pour que tu traînes, que tu fouilles, que tu trouves des photos, des lettres, que tu vérifies si quelqu'un n'a pas oublié sa petite culotte quelque part, ou un rouge à lèvres, ou une lotion démaquillante, ou des films porno faits à la maison ? Je te connais par cœur Gabrielle. Et... je sais que tu ne ferais jamais ça. J'y vais.

Je prends un pack de douze, on ne sait jamais. L'épicier me parle, il m'aime bien. Il commence à me raconter sa vie. Et j'ai envie de l'écouter. Je ne sais pas pourquoi mais j'ai besoin de l'écouter. Je gagne du temps. Je ne veux plus remonter. Je ne veux plus rien entendre de ta nouvelle vie. Je préfère celle de mon épicier. Sa fille passe son bac, elle travaille jour et nuit. Bravo, je suis sûr qu'elle va l'avoir. Son fils est dans la pire période de l'adolescence. Il répond à ses parents, il est insolent en classe. C'est rien, ça va passer. Je ne trouve pas d'autres réponses. Je n'arrive pas à relancer la conversation et pourtant j'aimerais qu'elle dure toute la nuit.

Je remonte. Gabrielle est dans l'entrée, la cuisine donc. Je la vois s'agiter autour de ma casserole. Je n'aime pas ça.

— Je crois que toute l'eau s'est évaporée. Ça bout depuis un moment.

— Pardon, il y avait la queue. Laisse, je m'en occupe. Ça te va ça comme bière ? Tu veux des glaçons avec ?

Je remets de l'eau à bouillir. Elle retourne au salon. Je la vois boire sa bière qu'elle savoure avec une cigarette. J'aimerais en boire une aussi. Et fumer. Mais la bière me donne envie de vomir et je ne fume plus. Avant, ça ne m'aurait pas dérangé. C'est peut-être qu'enfin je ne l'aime plus. Chouette. Je la rejoins.

— Et qu'est-ce qu'il fait ?

— Qui ?

— Ton... Celui... Le type que tu trompes à longueur de temps.

— Ne parle pas comme ça. Je ne supporte pas.

— C'est pas vrai ?

— C'est plus compliqué que ça. Ne me juge pas.

— Je ne te juge pas.

— Si, tu juges, je vois bien. Tu te crois supérieur tout à coup, parce que toi tu es l'être le plus pur, le plus droit, celui qui ne trompe jamais, celui qui jure fidélité éternelle, l'homme idéal, le modèle universel. Tu parles ! Te fous pas de moi !

Cette soirée a mal commencé. Je pense qu'elle ne va pas mieux finir.

Je plonge les pâtes dans l'eau bouillante. La cuisson des pâtes est un art. Ça se joue à la seconde près. Pas la peine de les jeter contre le mur ou de mettre une cuillère électronique pour savoir si elles sont cuites. Il faut goûter, c'est tout. Et cela varie en fonction de la pâte, de la casserole, du volume d'eau, peut-être même du calcaire et de la plaque de cuisson. Il faut savoir aussi qu'elles continuent à cuire encore un peu quand on les passe dans l'égouttoir. Il faut tenir compte de ce détail lorsqu'on les goûte.

— Pardon mais de quoi tu parles ? Je te pose une question, assez anodine. Je ne sais simplement pas comment le nommer, ton mari, ton mec, ton compagnon, ton fiancé, ton accompagnateur...

— C'est toujours mieux que « le type que tu trompes à longueur de temps ». Il se débrouille bien, ça va. Il gagne confortablement sa vie. Merci pour lui.

Ça y est, je crois que l'affrontement a commencé.

— Pourquoi tu es venue ?

— Parce que tu m'as invitée.

— Pourquoi tu m'as appelé ?

— Parce que je t'ai croisé dans la rue et que tu m'as demandé de le faire.

— Oui, mais pourquoi ? Pourquoi tu l'as fait ? Je ne t'ai rien demandé vraiment. C'était une formule de politesse. Une façon de se dire à un de ces jours. Ou peut-être à jamais. Pas appelle-moi deux jours après et débarque ici la semaine suivante. Y a des codes dans la vie. Tu les connais, non ?

— On doit pas avoir les mêmes. Tu as raison, je n'aurais pas dû venir. C'est une erreur. Tu passes ton temps dans la cuisine ou chez ton épicier. Tu m'évites. Je suis chez toi et tu arrives quand même à m'éviter ! T'es vraiment le plus fort. Oui, pardon pour cette méprise. Je ne devrais pas être là. Salut.

Quoi ? Déjà ? Non mais attends, on discute là. Laisse-moi un peu de temps. Que je me chauffe. Je ne suis pas très bon pour le moment mais, tu vas voir, je vais être beaucoup plus intelligent. Laisse-moi un peu de temps. Gabrielle, ne t'en va pas...

Elle se dirige vers la porte d'entrée. Je me précipite sur les clefs, ferme la porte et range le trousseau dans ma poche.

— Non, c'est trop tard maintenant, tu es là, tu restes, et on discute.

— Qu'est-ce que tu fais, là ? Ça va pas ! Je suis pas ton otage. Je fais ce que je veux. Je pars si je veux. Donne-moi ces clefs.

— Non. C'est mes clefs.

— Mais t'as quel âge ?

— Trente-cinq ans.

— Donne-moi ces clefs tout de suite et ouvre cette putain de porte !

— Non.

— Ouvre !

— Non !

— Ouvre ou je hurle !

— Je m'en fous. J'emmerde mes voisins. Et je connais les flics du quartier.

— Ouvre !

— Non.

Elle s'arrête un instant. Elle me regarde. Je ne sais pas ce qu'elle va faire. On ne sait jamais ce qu'elle va faire. Ah si, là, dans une logique qui ne lui ressemble pas, elle essaye de récupérer mes clefs de force. On ne se bat pas mais presque.

— Je te déteste.

— Je sais mais c'est pas une raison pour partir.

— Tu me dégoûtes !

— Tant mieux.

— Tu es l'être le plus méprisable que j'aie connu de toute ma vie.

— Oui, et t'en as connu.

— Connard.

— J'assume.

— Donne-moi ces clefs ! Donne-moi ces clefs ! Donne-moi ces clefs !

Apparemment, elle est à bout d'arguments.

— Tiens.

Je les lui donne. Et retourne au salon. J'entends la porte s'ouvrir. Je vais sur le balcon. Pour la regarder partir et pleurer après. La porte claque. Je retiens mes larmes. Attends de voir qu'elle est assez éloignée. Je regarde en bas. Rien. Combien de temps lui faut-il pour descendre deux étages ? Qu'est-ce qu'elle fait ? Je ne vais pas pouvoir me retenir très longtemps. J'entends un bruit chez moi.

Je me retourne. Qui est là ? Il y avait donc une troisième personne présente ? Elle a profité que je descende chez l'épicier pour faire venir quelqu'un ? Elle avait prévu qu'on s'amuserait à trois ? Le parquet grince. C'est elle. En larmes. Elle s'avance doucement vers moi.

— Excuse-moi.

Elle rentre dans mes bras. Presque dans mon corps. Et je pleure avec elle. Rien d'autre n'a d'importance.

Je n'avais pas ressenti ça depuis une éternité. Rien. Juste elle dans mes bras. Moi dans les siens. Et le silence. Sa respiration. Sa douceur et sa force. L'odeur de ses cheveux. L'impression que nos deux corps ne font qu'un. Que rien ne peut les séparer. Je pourrais rester ma vie entière comme ça. Plus besoin de nourriture. Plus besoin de dormir. Plus besoin de rien. Juste elle contre moi. Une chose somme toute assez banale. Rien. Et pourtant tout.

Je ne sais pas combien de temps ça a duré. Je m'en fous. Je ne compte pas les heures dans ces cas-là.

— J'ai faim.

— Moi aussi.

Les pâtes sont trop cuites. Forcément. Il faut que je recommence. Je remets de l'eau à bouillir. En fait, quand j'y pense, je crois que je n'ai jamais réussi à faire des pâtes dignes de ce nom en sa présence. Impossible de me concentrer correctement. À la seconde près. Il faut être sur le qui-vive. Je retourne la rejoindre. Elle est assise par terre. Face à la fenêtre. Je m'assois à côté d'elle. Un silence. Elle prend ma main. Un silence encore. Parler ne servirait à rien.

Mais quand même.

— Je suis content que tu sois là.

— Moi aussi.

— Pardon pour tout à l'heure, je ne voulais pas...

Elle me serre la main un peu plus fort. Je me tais.

— Oui, il me rassure. Avec lui je ne suis pas inquiète. Ma vie est douce. Je n'ai pas peur. Je dors la nuit. Je vis le jour. Je ne suis peut-être pas la femme la plus heureuse du monde mais je ne suis pas la plus malheureuse. Il sait que je ne l'aime pas. Enfin, que je ne suis pas amoureuse de lui. Il le sait. Je crois. Mais il l'accepte. Il m'aime. Il me veut près de lui. Et il préfère que je sois là sans amour que pas là du tout. Il ne me demande rien de particulier. Juste d'être là. Je me sens légère. Je rigole. J'ai du temps pour moi. Ma pensée n'est pas prisonnière. Ça me fait du bien...

Ça va, arrête. S'il te plaît, arrête.

— ... Mon corps est un peu endormi mais je me sens... calme. Tu comprends ? Il me rassure. Me tranquillise.

— Et moi ?

— Toi ? Toi... Toi, tu m'exposes.

Je voudrais revivre mon enfance avec ma conscience d'aujourd'hui. Tout serait alors plus facile. Je voudrais revivre les guerres civiles auxquelles j'ai involontairement participé. Deux territoires occupés. Mon père et ma mère. Je m'excuse auprès d'eux d'avoir été traumatisé par la violence de leurs disputes. Je ne savais pas à l'époque combien on pouvait être démuni devant une autre personne. Face à l'impasse d'une situation, combien les mots, les vrais, ceux qui font avancer, ceux portés par la raison, arrivaient à manquer. Et combien il n'y a pas d'autres solutions dans ces moments-là que de hurler pour ne rien dire. Mais je me retiens. Car je les ai vus faire.
Je sais que ça n'a jamais rien réglé.

Un moment sans parler. Un long moment. Nos silences ne nous dérangent pas. Elle pose sa tête sur mon épaule. À chaque fois qu'elle me touche, mon corps s'allume. J'ai froid. J'ai chaud. Je tremble. Mes poils se dressent. Ma peau frissonne. Tout est en éveil. Et d'un coup, je sens qu'elle s'endort. Trop d'émotions, peut-être, pour elle aussi. J'imagine comme il a dû lui être difficile de franchir le pas de ma porte. Je ne bouge plus. Je respire à peine. Je ne veux pas la réveiller. C'est comme un coucher de soleil, ça arrive tous les jours et pourtant ça bouleverse à chaque fois. Je sais que les pâtes cuisent. Trop. Tant pis. Ce n'est pas la première fois que nous les raterons.

# IV

Nous sommes restés la journée entière dans ce café, assis l'un à côté de l'autre. Nous avons parlé de tout et de rien. Je ne me souviens ni du tout ni du rien. Je me souviens juste que nous recommandions des cafés, des verres d'eau, et puis de l'alcool et puis des cafés. Je pense que nous ne nous parlions pas pour nous écouter mais pour nous entendre. Mettre enfin une voix sur nos visages. Comme un corps, une voix que l'on découvre pour la première fois peut provoquer des émotions inattendues. Ce fut le cas. Je serais incapable de répéter un seul des mots prononcés mais j'entends encore précisément sa voix. Je pourrais réciter par cœur tout ce qu'elle a dit cette journée-là, en remplaçant ses phrases par, par exemple, la la la. Oui voilà, c'est exactement ça, je me souviens uniquement de la mélodie et du son de notre conversation.

Tout se déroulait au ralenti et pourtant tout passait trop vite. Je me sentais à ma place. Aucun autre endroit au monde n'aurait pu me procurer ce sentiment. Je ne redoutais qu'une seule chose.

— On va fermer.

Ça y est. Terminé. Cet instant de grâce interrompu par les horaires imposés d'un limonadier. Je ne demanderai pas à Gabrielle son numéro de téléphone. Trop vulgaire. Je ne l'inviterai pas à aller boire un verre ailleurs. Trop prédateur. Je ne lui proposerai pas un autre rendez-vous. Trop calculateur. Il ne me restait plus beaucoup d'alternatives. Je lui dirai au revoir, c'est tout. Peut-être, aussi, que j'ai passé une journée merveilleuse. Non, je trouverai un autre adjectif. Je ne veux pas qu'elle me trouve excessif. C'était... une belle journée. Une belle journée merveilleuse.

Nous nous sommes dit au revoir devant le café. Elle habitait à côté, moi à l'opposé. Nous ne nous sommes pas fait la bise. Elle ne s'imposait pas. Un baiser sur la bouche aurait été plus juste. Mais aucun de nous n'a osé. Rien. Nous nous sommes regardés un instant. Et partis chacun de notre côté. Voilà. Je pensais que notre histoire s'arrêtait là. Que nous ne nous reverrions plus jamais. Je savais que je ne reviendrais plus dans ce café. Je savais que c'était le sien. Je ne voulais pas l'envahir. Voilà. Il faut, parfois, savoir partir sans se retourner.

Il était tard mais je n'avais pas envie de dormir. En général, je ne m'endors jamais avant cinq ou six heures du matin. J'aime trop la nuit pour ne pas en profiter. C'est un monde parallèle. Il y a le silence et la vie invisible. Je n'arrive jamais à me résigner. Je la vis jusqu'au bout. Mais là, je savais que je ne dormirais pas du tout. Pas du tout avant un long moment. J'ai marché. Pris des détours. Avec au cœur un mélange étrange d'immense joie et de profonde mélancolie. J'ai marché pendant des heures. Je ne ressentais aucune fatigue. Je me suis retrouvé malgré moi en bas de chez moi. Je savais que la nuit serait longue, et puis le jour, et puis toute la vie d'après.

J'ai mis, à contrecœur, ma main dans la poche pour prendre mes clefs. J'ai senti au bout de mes doigts un petit papier très fin. Je l'ai sorti avec mes clefs. C'était un morceau de journal déchiré. Je ne me souvenais plus à quel moment de mon existence je l'avais mis dans ma poche et pourquoi je l'avais gardé. Je m'en foutais. Pas envie de lire les nouvelles du jour, ni celles d'hier. La seule information valable dans le monde, je la connaissais. Je l'ai jeté par terre. Comme pour me débarrasser de

tout ce qui n'avait pas trait à elle. Une fois sur le sol, j'ai vu sur le papier une écriture qui n'était pas la mienne.
Et ma vie a véritablement basculé à cet instant même.

« 22, rue de la Marine. C : 2893. 4ᵉ étage. Juste pour dormir. » Je l'ai d'abord relu vingt fois. Je me suis ensuite mis à marcher doucement tout en le relisant puis ma marche s'est transformée en course. Je ne pensais plus. Ne réfléchissais pas. Je courais. Courais. Certains diront qu'ils m'ont vu voler. Prendre un taxi n'aurait servi à rien, personne ne pouvait aller plus vite que moi. Je suis arrivé en bas de chez elle. Essoufflé. En nage. Il fallait maintenant que je respire. Et retrouve mes esprits. Il s'était écoulé au moins quatre heures entre notre séparation et maintenant. Il était tard. Elle devait déjà dormir. Je suis, ai-je pensé, le chef suprême de tous les idiots de tous les villages de la Terre. Aucune concurrence possible.

J'ai fait le code. Il était bon. Monté quatre étages. Il y en avait bien quatre. Je ne savais pas ce que j'allais faire. Je n'allais pas sonner, la réveiller. Nous n'allions pas vivre notre première dispute ce soir, non, nous avions tout le temps pour ça. Peut-être lui laisser, moi aussi, le numéro de ma rue, mon code, mon étage et un petit mot ? Bonne idée. Nous aurions de ce fait chacun nos adresses respectives et ainsi serait érigé le premier pont reliant nos deux existences. Oui bonne idée sauf que je n'avais pas de stylo. Ou alors dormir sur le palier, comme elle avait dit, juste pour dormir, et attendre le lendemain pour boire un café ou redormir ? Non. Ça aurait été prendre le risque qu'elle se réveille avant moi et me découvre, pathétique, étalé sur le sol. Non. Je n'y arrivais pas. Aucune idée de génie ne s'imposait à moi. Et c'est bien la première fois que de n'être pas un génie m'ait vraiment dérangé.

Je suis resté un instant sur le palier. Espérant un éclair. Une fulgurance. Juste une seconde durant laquelle mon cerveau serait exploité non pas à huit ou dix pour cent de ses capacités mais disons, allez, sans être trop gourmand, à douze ou treize. Ce qui me placerait déjà largement au-dessus de la moyenne supérieure. Et je jure qu'après je retournerais à mon état d'être ni plus ni moins intelligent, en continuant à n'utiliser que mes huit ou dix pour cent, pour ne pas déranger. Je suis un bon joueur d'échecs, je suis habitué à ces situations. Prendre une décision capitale en supportant une pression maximale, c'est mon quotidien. Une idée brillante. Je vous en supplie. Rien. Et dire que certains croient encore en une force divine qui nous régit. Je rigole doucement pour ne pas réveiller l'immeuble.

Et puis, en regardant les quatre portes du palier, j'en ai vu une qui me semblait différer des autres. Oui, elle était différente. Elle était ouverte.

Je me suis avancé doucement. Mon cœur, bien sûr, tapait comme un tambour. Je suis entré. Un petit couloir. Et une pièce principale. Tout ça dans une semi-obscurité. Je me suis retrouvé au milieu du salon. Perdu. Je ne savais plus où aller. Il me semblait qu'à côté de ça, le Sahara aurait été un jeu d'enfant. Et puis, à nouveau, une porte à demi ouverte. Une seule. Je m'y suis dirigé. J'ai compris qu'il s'agissait d'une chambre. J'ai deviné un lit. Et une présence à l'intérieur des draps. Soit c'était elle, et cette journée était à marquer au fer rouge. Soit ce n'était pas elle et j'étais bon pour la garde à vue. J'ai enlevé mes chaussures. Me suis approché du lit. Allongé sur le côté, sans rentrer dans les draps. Et me suis collé à ce corps qui me faisait dos. Une main a pris la mienne pour l'enlacer. Elle m'a serré contre elle. Je ne pouvais plus bouger. Je ne voulais plus bouger.

Nous nous sommes endormis. Enfin, j'ai fermé les yeux. Je sentais son corps. Son ventre, un peu de son sein, son dos, ses fesses et puis sa nuque, ses cheveux, et puis ce parfum qui n'en est pas un. L'odeur de sa peau. Je pense que j'ai dormi mais je n'en suis pas sûr. Ou alors dans ce cas, mon rêve reproduisait la même situation que la réalité. Ce qui est peu commun pour un rêve. Je dormais peut-être mais d'un œil, en alternance. Parce que, oui, tout ça dépassait la limite du supportable. Mon corps avait besoin de se débrancher quelques instants.

Aucune notion du temps. Aucun repère. Ses volets étaient fermés. Donc quelques secondes, ou minutes, heures, voire jours après, elle s'est retournée vers moi. Moi toujours habillé hors du lit, elle en déshabillé sous les draps. Mes yeux s'étaient acclimatés à l'obscurité. Je la voyais comme en plein jour. Mes pupilles avaient muté. J'avais acquis un regard de chat. Elle a posé délicatement le bout de ses doigts sur mon visage comme pour me deviner. Elle, ne me voyait pas encore.

Murmures à peine audibles.

— Tu as hésité ?

Les larmes me sont montées d'un coup. Je les ai retenues, les ai ravalées, leur ai fait barrage.

— Je... Je me suis perdu.

Une goutte a réussi à s'échapper, j'espérais

qu'elle ne la sente pas. Si je n'avais pas résisté, j'aurais pu pleurer les quatre-vingt-dix pour cent d'eau présente dans mon organisme.

— Je suis contente que tu sois là.

Je ne réponds pas. Je ne peux plus dire un mot. Un mot et je m'étrangle.

Et puis elle s'est approchée plus près encore. Encore plus près. Sa bouche à une seconde de la mienne. Son souffle, je sentais son souffle, et il me semblait que nos lèvres se touchaient du bout. Et puis elle, encore elle, s'est avancée, encore. Et nous nous sommes embrassés. Un baiser qui dura toute la nuit. Et la journée aussi. Le premier vrai baiser de ma vie.

J'ai su à cet instant même que plus rien ne serait jamais plus comme avant.

L'accord parfait. La douceur. Le désir. La violence. La complicité. La surprise. Le goût. Nos langues et nos lèvres étaient guidées par le même instinct. Nous nous embrassions dans la même direction. Nous ne pensions même pas à faire l'amour. Nous avions besoin d'abord de faire ce voyage-là. Il me semble que nous faisions de petites pauses, comme des micro-sommeils, mais sans décoller nos bouches. Et puis les baisers reprenaient, doucement, puis plus fort. Il y a des baisers qui en disent long, le nôtre disait tout. Il n'y avait pas à discuter. Nous allions nous aimer à l'image de ce baiser. Comme une évidence.

Je ne sais pas combien de temps cela a duré. Je ne compte pas les jours dans ces cas-là.

# V

Gabrielle est toujours là, toujours sur mon épaule, toujours endormie. C'est bon. C'est rassurant. C'est doux. J'aime ça. J'ai l'impression qu'il n'y a jamais eu de séparation. J'ai tout oublié. Nous ne nous sommes jamais quittés. Mais une sonnerie vient troubler cette parenthèse hors du temps. J'ai pourtant tout débranché. Qu'est-ce que c'est ? Son téléphone. Je reconnais sa mélodie. Elle va se réveiller. Nous allons retomber dans notre réalité. Nous allons à nouveau être séparés. Qui que tu sois, raccroche ! Raccroche immédiatement ou, je te jure, je te retrouverai et te ferai avaler ton téléphone ! Et le ferai sonner dans ton estomac jusqu'à ta mort !
La sonnerie persiste. Elle se réveille.

— Hein ?
— C'est rien, c'est ton téléphone.
— Merde, j'ai oublié de l'éteindre.

— C'est pas grave, laisse sonner.

Elle regarde le nom. Me regarde aussi. Il faut se résigner.

— Allô, oui. Ça va ? Non. Je sais pas. Tard. Ne m'attends pas. Oui, tout va bien. T'inquiète pas. Je t'embrasse.

Elle raccroche. Se lève. Marche un peu dans l'appartement.

— J'ai dormi longtemps ?

— Je ne sais pas.

— Quelle heure il est ?

— Je ne sais pas.

— J'ai faim.

Je trouve quelques tranches de pain de mie. Il me reste un reste de poulet. Je rassemble ces deux éléments ensemble. Nous mangeons notre pain et notre poulet, face à face. Je crois deviner qu'elle savoure ce mets improvisé.

— Tu dois rentrer ?

— Tu veux que je rentre ?

— Non.

Et si nous parlions. Si nous parlions vraiment. De nous, de nous maintenant, de nous avant, de nous après. Si nous commencions enfin véritablement cette soirée.

— Tu as un citron ?

Non, Gabrielle, pitié, pas ça, si tu croques un citron devant moi, je ne réponds plus de mon émotion.

— Oui.

Je vais le chercher. Je lui donne. Elle croque dedans comme dans une pomme.

— Tu sais que tu es la seule personne au monde à manger des citrons comme ça.

— Et alors ?

Oui, tu as raison, et alors ?

— Et alors rien. J'ai toujours pensé qu'un jour je comprendrais pourquoi tu croques la peau. Comme ça. Sans les laver, sans même les essuyer. Sans toucher au reste. Juste la peau. J'ai l'impression que tout ton mystère réside dans ce geste.

— Quel mystère ?

— Je ne sais pas justement.

Et si je te disais, avant que nous entamions un échange un peu plus profond, qu'en plus de la singularité de ton citron, je n'ai jamais rencontré une personne aussi belle, aussi fascinante, aussi attirante, aussi troublante que toi ? Et qu'en face de moi, là, maintenant, tu es exagérément tout ça.

— Tu te souviens du premier jour que nous avons passé ensemble ? Et de la première nuit ? Et...

— Oui. Tu m'as plu. Et je t'ai plu.

— C'est tout ?

— Quoi d'autre ?

Tu joues avec moi, c'est ça ? Tu me testes encore ? D'accord.

— Oui, tu as raison. Un homme et une femme se rencontrent. Ils se plaisent. S'assemblent. Un temps. Et puis se quittent. Tu as raison, quoi d'autre ? Tu veux un dessert ? J'ai du chocolat noir.

— Oui.

Je vais dans la cuisine. Je trouve la tablette. Je me retourne. Je la regarde. Elle a son air absent. Comme si d'un coup son esprit se détachait de son corps. Et qu'elle partait. Dans un pays que je ne connaîtrai certainement jamais.

— J'ai fait un rêve étrange tout à l'heure...

Je lui découpe quelques carrés de chocolat.

... Nous étions l'un et l'autre, l'un et l'autre.

— Hein ?

— J'étais toi et tu étais moi. Mais nous avions gardé chacun nos apparences respectives. J'étais toi dans mon corps de femme. Et toi, moi dans le mien.

Tu es l'être le plus complexe qui existe.

— Et ?

— Et nous voulions être ensemble mais nous n'y arrivions pas. Nous essayions de nous toucher, de nous embrasser, mais toi dans mon corps et moi dans le tien, nous trouvions ça trop étrange. Mais toi dans mon corps, tu as quand même insisté. Et moi dans ton corps, je t'ai giflé.

Un silence. Bien mérité.

— Tu t'es donc... giflée toi-même ?

— Tu crois ?

Non, je ne crois rien. Je ne comprends rien à ton rêve. Je n'ai jamais su analyser un rêve. Trop de possibilités.

— Tu as des projets ?

— Quand ?

— Avec lui.

— C'est-à-dire ?

— Vous avez envie de construire ?

— Construire quoi ?

— Des étagères ? Un mariage ? Un enfant ?

— On en parle pas.

— Mais vous y pensez ?

— Tu me redonnes du chocolat ?

Nous, nous y avons pensé. Nous en avons parlé. Nous étions prêts. Nous avions envie. Avant de te connaître je n'avais jamais eu l'instinct de reproduction, seulement l'instinct de conservation, je faisais du sport. Et après, je ne pensais qu'à ça. Nous multiplier. À l'infini.

— Tu traînes toujours dans les terrasses de café ?

— Oui, toujours.

— Et ça avance ?

Une nuit, alors que j'avais été viré de mon travail, parce que trop épris, parce que rien à foutre de tous ces cons, j'ai eu une idée. Une idée simple. Éditer un guide qui recenserait heure par heure, jour par jour, mois par mois et quartier par quartier, toutes les terrasses de café ensoleillées de la ville. Grâce à ce petit ouvrage, on pourrait à n'importe quel moment de l'année trouver une terrasse de café au soleil. Je n'ai pas eu de mal à intéresser un éditeur qui voulait déjà étendre le principe au monde entier. Je lui ai proposé pour commencer de nous contenter d'une ville. Pas la peine d'être Victor Hugo, une description simple du lieu et les coordonnées suffiraient. J'avais un an ou deux de travail devant moi à boire des cafés, offerts par ma maison d'édition, tout en profitant du beau temps et avec une avance financière suffisante pour garder ma dignité.

— Le problème, c'est le mauvais temps. Lorsqu'il pleut, je dois attendre l'année suivante si je veux être vraiment précis sur l'heure d'arrivée du premier rayon de soleil et l'heure de départ du dernier. Ça risque d'être plus long que prévu.

— Et tu n'as pas envie de faire autre chose ?

— Si, si, j'ai des idées. Mais c'est difficile de faire plusieurs trucs à la fois.

Elle sourit. Je n'ai jamais su si elle trouvait ce projet de guide complètement stupide ou si ça l'amusait. Je sais qu'elle avait souvent peur. Peur d'une rencontre. D'une autre caisse de citrons. D'un autre morceau de journal déchiré. D'un autre rendez-vous. Mais, mon amour, ce travail, il ne s'est imposé à moi que pour toi. Pour que tu saches où me retrouver à n'importe quel moment de la journée.

Nous aurions pu en faire un, nous aussi, de guide, en parallèle au mien. « Les toilettes des cafés ». Les meilleures toilettes pour faire l'amour, les plus discrètes, les plus dangereuses, les plus excitantes, les plus sales, les plus pratiques. Combien de fois m'as-tu rejoint dans un de mes cafés, et sans même me regarder t'es-tu dirigée directement dans les toilettes, le plus souvent celles des hommes, elles t'excitaient encore plus, et combien de fois m'as-tu attendu dans la position la plus adéquate pour que je te prenne sans un mot, comme une inconnue ? Et tu aimais aussi après saisir ma queue dans ta main pour me faire pisser. Et partir, toujours sans un mot. Et le soir me demander : « Chéri, tu as passé une bonne journée ? » Et combien de fois nous sommes-nous fait surprendre ? Et tu m'empêchais de m'arrêter. Et tu aimais même lorsque certains nous regardaient ou nous écoutaient, ou lorsque d'autres allaient chercher le patron qui menaçait d'appeler la police en te traitant de pute. Je n'aime pas me battre mais certaines bagarres étaient inévitables. Je n'avais jamais mal. Quel beau guide, nous aurions pu écrire tous les deux.

— Jean...

Je n'aime pas quand elle m'appelle Jean. D'abord parce que ce prénom ne me plaît pas. Et ensuite et surtout, ce qui suit, je ne sais pas pourquoi, ne s'est jamais avéré très agréable.

— Il va falloir que j'y aille.

Non. Je t'en supplie, non.

— Déjà ?

— On m'attend.

— Il sait que tu es ici ?

— Non, il ne me demande pas où je vais. Il a compris qu'il ne devait pas.

— Reste encore un peu.

— Jean...

Arrête avec Jean.

— S'il te plaît. On ne se reverra peut-être jamais plus. Ne pars pas si tôt.

— J'ai l'impression qu'il est très tard.

— J'ai encore tellement de choses à te dire...

Elle me regarde. Ses yeux se brouillent.

Je crois qu'elle reste.

# VI

Je suis rentré chez moi. Nous avions passé je ne sais combien de jours dans son lit à nous embrasser, nous respirer, nous toucher, nous caresser, nous parler et surtout nous embrasser. Des messages sur mon répondeur s'inquiétaient de ma disparition. Des amis, ma famille, et des personnes de mon travail. Qu'est-ce que vous voulez que je vous dise ? Toute tentative d'explication serait pour vous un mélange de chinois, de latin et de grec ancien. Je n'avais pas envie d'ouvrir mon courrier. Je n'avais pas envie de m'asseoir sur mon fauteuil, de m'allonger sur mon lit, d'utiliser ma salle de bains. Je restais au milieu de mon appartement sans savoir où aller. Je ne m'y sentais plus à ma place. Je n'appartenais plus à ce monde-là.

Avant de partir, elle a pris mon numéro de téléphone. Elle m'a dit que sa vie était compliquée en ce moment et que ce que nous venions de vivre n'arrangerait rien. Elle m'a demandé d'attendre de ses nouvelles. Et, sur le pas de sa porte, m'a rattrapé pour me serrer dans ses bras.

— Qu'est-ce que je vais faire de toi ?

Et puis elle a refermé la porte sans attendre ma réponse. Heureusement, elle aurait sans doute été des plus stupides. Et moi, qu'est-ce que je vais faire de ça ? Et surtout, qu'est-ce que je vais faire de moi, moi ?

J'étais donc au milieu de ce lieu désormais étranger. Je n'avais pas faim, pas soif, pas envie de me laver, d'aller aux toilettes. Juste envie d'en sortir. Mais ma nouvelle terre d'accueil avait d'abord, apparemment, quelques formalités à régler. Et je n'avais envie de voir personne d'autre. J'étais condamné à errer sur place. Alors, sans m'en rendre compte, je suis resté là, sans bouger, quelques heures ou quelques jours. Toujours ce rapport au temps qui m'est propre, à attendre un signe et revivre mentalement ce rêve qui n'en était pas un.

Le téléphone sonnait sans cesse. Le répondeur s'enclenchait. Je n'entendais pas les messages mais juste des voix. Qui n'étaient pas la sienne. Je ne savais pas que je pouvais tenir sur mes jambes aussi longtemps. Je crois qu'aucun humain ne le peut.

Mais le sentiment que j'éprouvais dans tout mon corps n'avait rien d'humain. Ce n'était pas la première fois que j'étais amoureux. Ce n'était pas la première fois que je vivais une histoire hors du commun. Ce n'était pas la première fois que je perdais mes repères. Et pourtant si, c'était la première fois.

Je crois que cet instant a été un moment heureux de ma vie. Je ne me sentais pas vraiment en attente. Je ne pensais même pas à ça. Je ressentais juste que tout ce que j'avais vécu jusqu'à présent n'avait été qu'une préparation à cette histoire. Un apprentissage. Pour pouvoir aujourd'hui la vivre pleinement. Et je me savais prêt. Toute cette enfance, et la tristesse qui l'accompagne, toute cette adolescence, et la douleur qui l'accompagne, et toute cette vie d'adulte, et le cynisme qui l'accompagne, n'avaient eu pour seule et unique vocation que de m'amener doucement à vivre cette vie qui se présentait à moi. Sans retenue. Et je savais que je ne me retiendrais pas.

Et puis le téléphone a encore sonné. Et le répondeur s'est encore enclenché. C'était elle. J'ai voulu répondre tout de suite mais je n'arrivais plus à bouger un seul de mes membres. Ankylosé des pieds à la tête. Je ne pouvais rien faire d'autre que d'écouter son message.

— C'est... C'est Gabrielle. Je... J'espère que tu vas bien...

Oui, oui, ne t'inquiète pas, j'ai juste perdu la totalité de ma mobilité, mais ça ne durera pas, ne t'en fais pas.

... C'était une belle nuit... une jolie nuit... enfin plus qu'une nuit... J'ai failli me faire virer de mon boulot mais bon ça va, ça s'est arrangé...

Tant mieux. Je n'aurais pas aimé te créer des problèmes.

... Voilà, je voulais juste te dire ça. Et que je garderais longtemps ce souvenir dans ma tête...

Moi aussi Gabrielle, moi aussi, longtemps est un faible mot.

... Mais... comme je te l'ai dit, ma vie est compliquée et je ne pense pas que notre histoire arrive au bon moment...

Je suis dans un sable mouvant. Je m'enfonce sans lutter. Je suis spectateur de ma propre mort. Je ne peux rien faire d'autre que d'assister en direct à ma disparition. Je compte jusqu'à trois et je fais bouger mes orteils. Un, deux, trois. Je sens quelque chose. Ça vient. Allez, encore un effort. Encore un effort ou je meurs. Il faut que je décroche ce téléphone. Si elle raccroche avant, je cesse de vivre sur-le-champ.

— ... La vie est parfois mal faite, elle nous donne ce dont on a le plus envie pour nous le reprendre juste après, comme un jeu...

Je compte jusqu'à six et je lève mon pied droit. Un, deux, trois, quatre...

... Et justement, je n'ai pas envie de jouer avec toi...

Tais-toi, tu me déconcentres. Je recommence, un, deux, trois, quatre, cinq...

... Voilà, je devine en toi quelqu'un de franc et je voulais l'être aussi.

Cinq, allez, encore un effort, tu y es presque, six. Oui !

... Je... Je t'embrasse... très fort... un baiser comme ceux que nous nous sommes donnés.

Attends. Ça y est. Je marche ! Je marche ! Je cours même. Vers le téléphone.

Elle a raccroché. Qu'est-ce que je vais faire de moi maintenant ?

22, rue de la Marine. Code 2893. 4e étage. Je sonne.

— Tu es seule ?

— J'en étais sûre. Viens.

Elle m'a pris la main, m'a fait entrer et m'a

embrassé. Du feu sur ses lèvres. Nous avons glissé jusqu'à sa chambre. Elle m'a allongé sur le lit et s'est déshabillée devant moi. Je ne sais pas pourquoi elle l'a fait. Plus tard elle me dira qu'elle voulait que je sois sûr de mon désir pour elle, concrètement. Des formes voluptueuses, une taille d'une finesse absolue, des hanches d'un galbe majestueux, des seins fermes et lourds, un ventre qui respirait la vie, une cambrure bouleversante, un dos infini, des fesses en chair, sans excès, des jambes idéales, de petits pieds, un corps imparfait et pourtant le plus beau, le plus femme, le plus excitant, le plus émouvant.

Oui, car ce corps dans un premier temps ne me donnait pas envie de faire l'amour. Plutôt de le contempler. Il me faisait monter les larmes aux yeux. Comme si je l'attendais depuis toujours. Elle s'est approchée de moi. Encore un de nos baisers fous. J'avais envie de rentrer en elle. Littéralement. Je voulais rentrer mon corps entier dans le sien. Mais je sentais que quelque chose n'était pas en place. Mon émotion prenait le dessus sur mon excitation. Mon sexe était comme anesthésié. Je crois qu'il avait besoin de reprendre ses esprits. Si tant est qu'il en ait. Elle parcourait mon corps. Me mordait. Me léchait. Mon cou. Mes épaules. Mes bras. Mon ventre. Mon sexe. Mes cuisses. Mes jambes.

Mes pieds. J'avais la sensation d'être dévoré. Mais mon émotion augmentait de plus en plus.

— Tu n'as pas envie ?

— Pas envie ? Tu es folle, je n'ai jamais eu autant envie.

— Alors ?

— Alors, Gabrielle, je suis envahi d'un désir si fort que mon corps est submergé. Il faut lui laisser le temps. C'est une sensation nouvelle pour lui.

— Va-t'en.

— Quoi ?

— J'ai honte. Va-t'en.

— Mais non, tu te trompes. Tu... tu me bouleverses. J'ai envie de pleurer. Je n'arrive pas à gérer cette émotion. Prenons le temps.

—Va-t'en, s'il te plaît.

Elle s'est rhabillée et je suis parti.

J'étais revenu au point de départ. Chez moi. Perdu. Sonné. Je ne comprenais pas ce qui venait de se passer. Je trouvais sa réaction violente mais la mienne encore plus. Je m'étais retrouvé devant le corps le plus fascinant qui soit, avec un désir que je n'avais jamais connu jusque-là, et pourtant je n'avais eu qu'une envie, la serrer dans mes bras. Je ne savais pas quoi faire. Je ne pouvais pas retourner chez elle. Je ne pouvais pas lui téléphoner, je n'avais pas son numéro. Je ne connaissais pas son nom de famille. Mais je ne pouvais pas en rester là. Je suis un guerrier. Un guerrier sensible certes, mais je ne tombe pas à la première défaite.

Le téléphone a sonné. Le répondeur s'est enclenché.

— Pardon. Viens. Reviens.

22, rue de la Marine. Code 2893. 4e étage. J'ai sonné. Elle m'a ouvert. Calmement. Nous avons bu un verre. Nous avons parlé toute une partie de la nuit. Et puis, à mon tour, je me suis déshabillé devant elle. Elle a souri. Je me suis approché. Je l'ai embrassée.

— Personne ne m'a jamais embrassée comme ça.

Pareil. Personne. Jamais. Et puis, délicatement, je suis descendu pour découvrir chaque partie de son corps, chaque parcelle de peau. Mon sexe s'est détendu, il s'est tendu. J'ai eu l'impression qu'il allait exploser, il me faisait mal. Je lui ai écarté les jambes et, d'un mouvement franc, je me suis enfoncé en elle. Nous nous sommes regardés. J'ai presque cru qu'elle était vierge. Elle s'est mise à pleurer. Moi aussi. Nous avons joui tous les deux. Je suis resté en elle.

— J'ai eu l'impression d'être transpercée. Je ne

pouvais plus bouger. J'ai eu la sensation que l'on entrait en moi pour la première fois.

Nous avons refait l'amour plusieurs fois. Sans changer de position. Presque sans bouger. Je ne voulais pas perdre son regard. Sans même sortir d'elle. J'aurais aimé qu'une greffe s'opère entre nos deux sexes et que jamais nous ne puissions nous détacher. Bien sûr, cette magie n'a pas eu lieu. Mais c'était tout comme.
Nous étions unis. Pour le meilleur.

# VII

Nietzsche a dit quelque chose comme : « La profondeur est en surface. »

— Ton chat, ça va ?

— Ça va. Merci pour lui.

Bon, voilà au moins une bonne nouvelle.

— Et ton chien ?

— Je l'ai donné.

— Ah, finalement.

— Oui.

— Ça n'a pas été trop dur ?

— Si. Assez.

— Et ton fils ?

— Aussi.

— Tu l'as donné aussi ?

— Non, ça va aussi. Merci.

OK, Nietzsche, et après ? C'est bien joli toutes ces belles phrases mais elle est où la profondeur dans tout ça ?

— Tu veux une bière ?

— Je veux bien, oui.

Je me sers un verre de vin. Nous buvons chacun notre alcool. Sans trinquer. À qui ? À quoi ?

— Et toi ?

— Moi ?

— Toujours pas de chiens, pas de chats, pas d'enfants ?

Bon, tu commences à me faire chier Nietzsche.

— Gabrielle... pourquoi ?

— Pourquoi quoi ?

— Pourquoi nous n'avons pas réussi ? Pourquoi nous n'avons pas eu la force de dépasser... cet abîme, cette peur qui nous a détruits, broyés. Tu es là face à moi et je vois une femme invincible, indestructible, plus forte que n'importe qui. Et moi qui suis là devant toi, je pourrais... je sais pas, n'importe quoi... sauter de mon balcon, avaler des aiguilles, prendre une douche glacée, boire du produit détergent, me battre contre une armée de skinheads... faire... n'importe quoi. Je n'ai pas peur. Je n'ai peur de rien. Et pourtant si, moi aussi j'ai eu peur. La peur s'est incrustée dans mon ventre. Elle ne m'a pas lâché. Et je n'ai pas su la vaincre. Pourquoi ?

Elle boit une gorgée de bière.

— On a essayé. On y a cru. Nous n'y sommes

pas parvenus. C'est comme ça. Il ne fallait pas s'acharner.

— Je n'y arrive pas. Je n'arrive pas à me détacher de toi. À ne plus te voir. Ne plus t'entendre. J'ai envie de te raconter la moindre banalité. La moindre pensée qui me passe par la tête. J'ai envie de te dire à quel point tu me manques. À quel point tu es tout pour moi. À quel point tu es ma vie. Ma seule famille. Mon seul amour. Toutes mes nuits d'insomnie, je lutte pour ne pas t'appeler. Pas t'appeler par réflexe ou simple habitude. Par nécessité. Par ce lien invisible. Ce cordon ombilical dont tu parlais. Je n'arrive pas à me résigner. J'ai le sentiment que notre histoire n'est pas terminée. Mais pas comme un amoureux perdu qui n'arriverait pas à admettre l'insupportable réalité mais comme... un homme... non un animal qui sent instinctivement où se trouve sa vie, quel est son destin. Je pense à toi à chaque instant de mes journées, je passe mes nuits avec toi. Je me souviens de tout. Et je sens que rien n'est fini. Que notre histoire commençait à peine. Et j'ai peur. J'ai peur de ne plus jamais te retrouver. Et j'ai peur de te retrouver. Je sais qu'au fond tout n'est qu'une question de peur. De lâcher prise. Mais je sais que nous avons besoin l'un de l'autre pour surmonter nos limites, nos angoisses, nos doutes. Je pense qu'on ne s'est pas choisis par hasard. Qu'on s'est reconnus, encore une fois, de manière animale, en sachant naturellement que l'on était bons l'un pour l'autre. Je le sens. Je le sais. Même ces obstacles sont peut-être utiles à notre accomplissement. Rien n'est là par hasard. Des portes se sont ouvertes. Nous avons été submergés par un flot d'émotions et de résonances d'une violence rare. Peut-être ont-elles été un mal nécessaire. Je crois que nous n'avons pas été au bout. Nous nous sommes quittés en nous aimant toujours. Sans aller au bout de cette exigence. L'exigence de résoudre nos conflits intérieurs, notre enfance ravagée qui nous retient, nos rages étouffées qui nous font hurler. Je donnerais dix ans de ma vie pour que tu me fasses confiance, un instant, même bref. Je n'arrive pas à te lâcher la main. Nos baisers me manquent. Le reste aussi. Où es-tu ? Où es-tu, Gabrielle ? Tu es mon amour, ma femme, ma vie. Où es-tu ?

Elle boit une nouvelle gorgée de bière.

— Enfin, non, pardon, c'est confus, ce n'est pas exactement ce que je voulais te dire.

— Je suis là.

— Hein ?

— Tu me demandes où je suis. Je te réponds, je suis là.

— Ah. Oui. C'est vrai. C'est... je te le redis... c'est confus... Je suis confus.

À mon tour de boire. Je vide mon verre. Il faut que je me resserve.

— Tu es confus, oui. Mais pas dans ce que tu dis. Je sais que tu le penses sincèrement. Tu es confus dans ton désir, ton désir profond. Nos peurs sont contagieuses. Mais je ne sais pas qui les a données à l'autre en premier. Je crois que tu rêves de l'amour comme... un rêve justement. Tu le désires comme une quête enfantine. Pas comme une réalité d'homme que tu es aujourd'hui.

— Mais ça sort d'où ça ? Tu t'es abonnée à *Psycho-conneries Magazine* ?

Silence. Je la regrette déjà cette phrase.

Je bois à ma santé. Et je trinque, par anticipation.

— Je vais y aller.

— Attends...

— Attends quoi ? Attends quoi ?

Quand elle a ce regard-là, c'est que ma fête n'est pas loin.

— Qu'est-ce que tu veux savoir de plus ? J'aimerais disparaître. Partir dans un pays où l'amour n'existerait plus. Où la passion ne serait même pas dans le dictionnaire. Je n'aime pas ce qu'elle provoque. Je n'aime pas la femme qu'elle fait de moi. Elle me transforme. Elle nous transforme. Je n'ai pas envie de redevenir une bête traquée, apeurée. Je ne veux pas de ton amour. Je n'en ai jamais voulu. Je ne veux pas redevenir cette femme-là. Et puis de quoi tu parles ? Regarde où tu vis. On dirait une salle d'attente. Un lieu aseptisé. On dirait que tu as peur de toute intrusion. Je ne m'étonnerais pas de te retrouver un jour avec un masque antibactériologique. Il n'y a pas de vie ici. Pas une plante, pas un animal...

— Je n'aime pas les animaux domestiques, ça n'a rien à voir.

— Si ça a à voir. Tout a à voir !

— Non, je trouve que les animaux domestiques sont des cons, tu le sais, je te l'ai déjà dit.

Un silence. Toujours ce suspense permanent. Restera, restera pas ?

Restera pas. Elle se sauve. Je vais sur mon balcon. Mais, cette fois-ci, pas pour la regarder partir en pleurant.

— Tu fuis ! Encore et toujours. Tu fuis tout. Toujours. Dès qu'on ouvre une porte un peu sombre, tu t'en vas. Tu as peur de l'obscurité.

Et, de la rue, elle me répond.

— Je t'emmerde ! Toi, tes portes, tes peurs, ton soi-disant courage, tes produits détergents, je vous emmerde !

— Dis-moi que tu ne m'aimes plus. Dis-le-moi, aie au moins ce courage-là. Dis-le-moi en face.

Elle hurle.

— Je ne t'aime plus !

— En face, je t'ai dit, pas en bas.

Je ne sais pas d'où me vient cette ironie dans les moments les plus tragiques. Je sens que ça m'échappe. Qu'elle ne m'appartient pas. Je ne l'ai pas toujours eue mais je ne me souviens plus du moment précis de ma vie où elle est devenue instinctive. Comment naît l'ironie ou le cynisme ? Ça ne vient pas à la naissance, on ne sait même pas ce que ça veut dire. Enfant, je rougissais pour un rien. Adolescent, pareil. Et puis adulte, d'un coup, l'ironie. J'aimerais, un jour, m'en débarrasser une bonne fois pour toutes. Elle ne m'a jamais fait avancer. Elle peut séduire dans un premier temps mais finit toujours par agacer. Si je fais vraiment le bilan, elle ne me sert à rien.

— Attends !

— Je n'attends pas. Et ne m'attends plus !

Elle s'en va. Dans trente secondes, elle aura disparu et trente secondes plus tard, probablement, trouvé un taxi. Je n'ai, raisonnablement, pas le temps de la rattraper. Mais il doit bien y avoir une phrase qui pourrait l'arrêter, la faire revenir. Pour ça j'ai besoin d'un peu de temps. Je suis sûr que je peux la trouver. Toujours la même chose. Une décision capitale en supportant une pression maxi-

male. Rien ne me vient. J'essaye de me remémorer mes plus belles parties d'échecs, mes plus beaux coups. Mais non, je n'ai pas le temps. Il faut que je puise dans ma langue natale. Une phrase. Un mot.
Dans dix secondes, elle disparaît.

Rien ne me vient. Juste une pensée en boucle. Ne pas la perdre. Ne pas la perdre une nouvelle fois. Je ne pourrai pas vivre avec cette idée. Je ne me remettrai pas de cette nouvelle séparation. Je l'ai revue. Elle était là, devant moi, j'avais le temps de lui parler, de lui dire, de la toucher, de la prendre dans mes bras. Et puis plus rien. Le néant, encore. Je ne peux pas. Je ne pourrai pas vivre avec ce vide. Je préférerais mourir. La mort ne me fait pas peur. Ton absence me terrifie. Il faut que j'arrête. Je réfléchis trop. Ma pensée prend le dessus. Seul mon instinct peut me sauver. Je l'écoute. Oui. C'est ça. J'ai compris. Merci. Je n'ai pas d'autre choix. Je saute.
Je saute de mon balcon. Et tant pis pour ma vie.
Ce n'est pas un mot qui la retient, mais un cri.

# VIII

— En amour, je n'ai aucun tabou.

Elle m'a dit ça avec la plus grande tendresse. La douceur absolue. J'avais affronté toutes les situations possibles, pensais-je, confronté mon corps à toutes les expériences imaginables, exploré mes désirs les plus enfouis, pensais-je encore, je n'avais jamais reculé devant aucune limite physique, pensais-je toujours.

— Moi non plus.

L'idée d'être séparés, ne serait-ce qu'une seconde, nous rendait fous. On se retrouvait partout. Tout le temps. On riait. On pleurait. Souvent. Les deux. On riait parce qu'on était heureux. On pleurait parce que ce sentiment nous percutait à chaque instant. Ou bien nous avions tout oublié de nos vies d'avant. Ou bien cette histoire était bel et bien inédite. « Quoi qu'il arrive, on aura au moins vécu ça. » Je me répétais perpétuellement cette phrase. Comme si notre temps nous était déjà compté.

— Avec toi, j'ai l'impression de repousser la mort.

Je ne voyais plus personne. Ce qui est courant dans ce genre de situation. Je n'étais pas le premier et certainement pas le dernier. Je n'avais qu'une envie, être avec elle à peu près tout le temps. J'essuyais tous les jours des salves de reproches. Les procès staliniens avaient repris du service. Un jour, j'ai acheté un téléphone qui permettait de faire des conversations à plusieurs. J'ai appelé tous mes amis et toute ma famille. J'ai branché toute cette belle équipe en conférence. Et je leur ai dit à tous, en même temps, d'aller se faire foutre. Une pensée, une phrase, une action. Simple et net.
Ça, c'était fait.
Il y a des gens qui savent que l'amour nous enferme, nous isole, nous éloigne, d'autres à qui ça échappe. Je n'avais ni le temps ni l'énergie pour essayer, cas par cas, d'analyser et résoudre ce qu'ils n'arrivaient pas à comprendre. Ce que je vivais était trop rare et surtout trop fragile, je ne pouvais pas me disperser.

— Je bande comme un animal de corrida.

— Et moi, je mouille comme une rivière en Toscane.

Le simple fait de se regarder provoquait un désir immédiat. Ou quand nous étions séparés, le simple fait de penser l'un à l'autre. C'est-à-dire tout le temps. Elle savait ce qu'était le plaisir. Elle savait ce qu'était que jouir. Elle pouvait exploser très vite, et de manière quasiment illimitée. Un don. Une chance. J'avais connu tellement de femmes qui souffraient de ne pas y arriver. Qui ne connaissaient que la surface du plaisir. Bloquées. Empêchées. Et souvent épuisées, même, de ne jamais y parvenir. L'enfance était souvent responsable de cette impuissance. Je ne l'ai jamais pris contre moi. Mais toujours ressenti cet échec comme un chaos dévastateur.

Elle serrait mon sexe avec ses mains, le rentrait, le sortait, se caressait avec, et son cerveau se débranchait, une fois, deux fois, trois fois, mille fois, sans fin. Ou bien elle se laissait juste dominer, hurlant de ne pas m'arrêter, jamais. Me remerciant de lui faire mal. Cette douleur exquise. Quand elle faisait l'amour, elle basculait dans un autre monde. Plus rien ne la reliait à la réalité. Elle se transformait. Son visage se déformait. Comme si une force centrifuge lui soufflait dessus. Elle pouvait devenir très violente. Presque agressive. Comme un animal qui avait besoin d'être calmé. Jamais rassasié. Je connaissais cet instinct-là. J'étais de la même race.

L'autre était toujours là. Elle ne l'avait pas encore congédié. Elle pensait que j'étais son amant. Je savais que j'étais son amour. Un jour, elle m'a quitté.

Ce n'était pas la première fois. Ni la dernière. Elle m'a dit qu'elle ne pouvait plus mentir, tricher. Qu'il fallait qu'elle retrouve sa vie d'avant. J'étais dévasté. Mais pas anéanti. J'ai accepté. Je prenais la place de quelqu'un d'autre. C'était à elle de décider de la suite. Ni à lui, ni à moi. C'était comme une dernière nuit. Une nuit d'adieux. Avec ce qu'elle contient de rage, de larmes, d'amour et de baisers qui n'en finissent jamais. Et puis elle a effacé mon numéro de téléphone et m'a fait jurer de ne jamais la rappeler. J'ai accepté.

— Tu es ce que j'ai rencontré de plus beau sur cette terre. Tu as le droit de partir, bien sûr, mais j'ai le droit de t'attendre.

Gabrielle, ma deuxième vie, mes chuchotements, le temps en suspens, le bon plaisir, le profond désir, un mot, une adresse, une porte ouverte, tout se mêle, mon amour, l'aube et puis le jour, tous ces trésors, je m'endors, ne me réveillez jamais.

Et puis le lendemain, on sonne chez moi. C'était elle. Elle sanglotait comme une enfant perdue dans un supermarché. Elle avait erré dans les rues toute la journée.

— Je ne pouvais pas. Je ne pouvais plus. Impossible de le toucher, ni même le regarder. Son odeur me répugne. Ses mains me dégoûtent. C'est toi que je désire. C'est ta queue que je veux en moi. Je ne peux pas lutter. Je m'abandonne...

Je sais.

Nous nous sommes embrassés pendant des heures. Nos baisers si différents des autres, si parfaits. Ils nous faisaient perdre la notion du temps. La notion du lieu. La notion de la vie même. Et puis elle s'est déshabillée et nous avons fait l'amour. Sans nous arrêter. Lorsque j'avais joui, je prenais n'importe quel objet phallique qui me tombait sous la main et le rentrais dans son sexe. Elle criait, elle pleurait, elle jouissait en continu, elle avait mal mais m'implorait d'y mettre plus de force. Sa sexualité était pour moi la découverte d'un nouveau monde. Elle effaçait d'un coup tout ce que je croyais connaître de la sexualité. Elle lui donnait un sens. Je la comprenais enfin.

Parfois elle m'appelait de son travail. Il fallait que je vienne la voir, là, maintenant, sinon elle prendrait le premier venu. Je ne perdais pas une minute. J'arrivais au plus vite. Je rentrais dans son bureau. Sa culotte sur le sol m'indiquait, généralement, que j'avais quand même un peu de retard.

— Tu en as mis du temps. Je me suis déjà masturbée deux fois.

Elle posait ses fesses sur son bureau, relevait sa jupe, écartait les jambes, attrapait mes cheveux et collait mon visage contre son sexe. Un mélange de caramel, de vanille et de désir fou. Elle m'inondait la bouche de ce liquide béni. Je le buvais, m'en désaltérais, jusqu'à l'ivresse. Et puis je la retournais et la prenais, souvent rapidement car cette excitation était insoutenable.

Parfois mon regard croisait d'autres regards. Quelques bureaux de l'immeuble voisin donnaient directement sur le sien. Je le lui disais. Elle s'en foutait.

— Ne soyons pas égoïstes. Qu'ils en profitent.

Ah bon ? Pourquoi pas. Une fois quand même, j'ai surpris un homme nous épiant, le sexe à la main. Elle s'est retournée vers lui et a dégrafé son chemisier, laissant apparaître ses seins merveilleux.

— Le pauvre. Imagine que sa femme ne veuille plus de lui. Qu'il souffre de ne pas faire l'amour. Viens là.

Et, presque par charité chrétienne, elle me branla au même rythme que notre ami d'en face, certainement plus heureux de cette offrande que de n'importe quelle promotion.

Et j'aimais ça. Cette liberté. Cette légèreté même. Le sexe était un cadeau. Jamais un fardeau. Il n'y avait rien de mal. Tout était fait dans la pureté des sentiments. Personne ne subissait. Personne n'était sali. Personne n'était humilié. Personne n'était frustré. Personne ne se plaignait. À part quelques femmes choquées du bureau d'en face.

— Qu'ils me virent ! Tout ce qui est pris n'est plus à reprendre.

Son travail consistait à aider des entreprises qui elles-mêmes aidaient des entreprises. Jamais compris.

— Tu me réveilles. J'étais endormie. J'avais enfoui tous mes désirs. Toutes mes envies. Toute ma perversité. Mon corps était parti. J'ai cru qu'il ne reviendrait jamais.

— Il n'y a rien de pervers dans ce que tu es, Gabrielle. Il n'y a que de l'amour.

— Tu dois penser que je suis folle. Que je ne pense qu'à ça.

— Non.

— Si. Je ne pense qu'à ça. Mais avec toi. Je

pourrais ne faire que ça. Avec toi. C'est toi qui provoques toute cette électricité. C'est ton corps. Ta bouche. Tes mains. Ton odeur. Ta queue. Tes fesses. Tes fesses...

Et sans transition, ou presque, elle me retourna et me lécha cette anatomie si intime pendant des heures jusqu'à me faire jouir sans toucher au reste.

— Il paraît que c'est très bon pour la prostate.

Alors ne t'arrête pas...

Elle savait ou devinait ce qui pouvait me procurer le plus de plaisir. Elle aussi révélait mon corps. Le délivrait. Elle osait s'aventurer sur des terrains jusqu'alors inconnus. Elle n'avait peur de rien. Trouvait toujours un chemin nouveau. Une zone vierge, délaissée, jamais foulée. Une caresse inédite. Une morsure presque dangereuse. Une langue intrépide. Un doigt qui pouvait s'enfoncer dans des profondeurs inexploitées. Son imagination était sans limites. Faire l'amour avec elle me donnait le vertige.

— Tu ne demandes rien. Jamais. C'est terrible quelqu'un qui ne demande jamais rien. On ne peut rien lui offrir. C'est encore pire que quelqu'un qui ne donne jamais rien.

— Mais j'ai tout, qu'est-ce que tu veux que je demande de plus ?

— Tu n'as pas des envies ? Des trucs que tu n'oserais même pas demander à une prostituée ? Quelque chose qui te fait bander en secret ? Tu peux tout te permettre avec moi. Tout me demander. Profites-en. Je ne te dirai jamais non.

Ah bon ? Jamais non ?

— Je voudrais qu'on parte en voyage...

J'en ai connu des réponses idiotes mais la mienne les surpassait toutes. J'en ai connu des visages déçus mais le sien...

Jamais non. Alors oui, nous sommes partis. Dans un hôtel au bord de la mer. Hors saison. Hors civilisation presque. L'iode accentuait encore plus notre envie de baiser. Nous n'étions plus que deux êtres lubriques, pervers, perpétuellement dans la jouissance. Toute la région le sentait. Le monde s'était divisé en deux groupes distincts. Ceux qui voulaient en être, majoritairement des hommes, et les autres. On s'amusait à faire l'amour de façon à être vus, observés, entendus. L'information était passée. Au début, on pouvait sentir çà et là quelques présences discrètes lorsque, par exemple, sur un petit coin de plage isolé, la nuit, nous nous adonions à notre activité préférée. Les premières fois, je n'en étais pas sûr. Et je n'étais pas totalement à l'aise avec l'idée. Gabrielle me rassurait et me demandait de m'occuper d'elle et d'oublier le reste. Alors j'oubliais.

Et puis, un jour, une nuit plus précisément, il y en a eu un plus courageux que les autres qui a osé sortir de l'ombre. Il s'est approché de nous. Elle était sur moi. Je ne pouvais le voir que des pieds jusqu'au bassin. J'ai demandé à Gabrielle d'arrêter. Elle m'a répondu qu'elle allait jouir, de continuer encore un peu. J'ai vu sa tête se tourner vers ce buste masculin. Il a déboutonné son pantalon. Et a fait apparaître son sexe en érection. Elle a joui instantanément. Il a commencé à se masturber. Elle a rejoui instantanément.

Toujours sur moi, me chevauchant comme une bête de rodéo, je l'entendais hurler de plaisir. Et jouir à répétition. Je ne pouvais, décemment, pas l'arrêter. Et surtout, à ma grande surprise, mon excitation ne faisait qu'augmenter. L'homme continuait à agiter sa queue, et Gabrielle faisait des allers-retours entre cette vision et mon visage. Et moi entre son visage et cette vision. L'homme poussait des râles de plus en plus fort. Jusqu'au moment où il en poussa un plus important, faisant jaillir un jet de sperme si puissant que, malgré la distance de correction qui nous séparait, il s'écrasa sur les seins de Gabrielle et sur mon torse. Je crois que je ne l'avais jamais entendue jouir si fort. Et, en réaction à sa jouissance, je crois que je n'avais jamais joui si fort.

Nous avons recommencé toutes les nuits. Le lendemain, ils étaient deux, puis trois, puis quatre, jusqu'au dernier jour où nous avons été encerclés par une dizaine de ces hommes. J'ai cru que le cœur de Gabrielle allait lâcher. Et que le mien allait être broyé. Je savais qu'il était facile de se faire des connaissances en vacances, mais jamais je ne m'étais fait autant d'amis. Il ne s'est rien passé d'autre avec ces hommes. Jamais ils ne l'ont touchée ni même adressé la parole. Pourtant je ressentais de la jalousie, de la tristesse, je me sentais violé, trahi, trompé. Quand nous sommes rentrés, je lui ai dit que j'avais besoin d'un peu de temps. Que cette expérience m'avait fait perdre un peu mes repères. Elle m'a répondu qu'elle comprenait, et acceptait. Et avant de nous quitter, elle s'est approchée de mon oreille.

— Tu n'as pas pris de plaisir ?

Oui, j'en ai pris. Mais impossible de te le dire.

— Je t'aime Jean. Je t'aime et je t'attends.

J'ai peur. J'ai peur de la suite. Tu peux faire de moi ce que tu veux. Me demander ce que tu veux.

Je ne maîtrise plus rien. Je ne résiste plus. Je suis à ta merci. Je t'aime. J'ai peur. Ce que tu provoques chez moi est inhumain. J'ai peur de te perdre. J'ai peur de te garder. Tu es la définition même de la vie. Et pourtant, j'ai peur Gabrielle, j'ai peur...

## IX

— Aïe...

J'ai mal. Je me tiens à Gabrielle. Mon pied droit est foulé ou brisé ou cassé. Enfin il me tue. Le toit de la voiture qui a accueilli ma chute m'a peut-être sauvé de la paralysie à vie. Grâce à lui, je peux encore marcher. Mais j'ai mal.

— T'as mal ?

— Merci de n'avoir pas claqué la porte quand tu t'es enfuie tout à l'heure.

Car nous n'aurions pas pu revenir chez moi et poursuivre cette belle soirée.

— Aïe...

— Ça te fait mal quand je touche ?

— Bon, Gabrielle, c'est pas compliqué, ça fait mal quand je dis aïe. Tu comprends le principe ?

Elle me regarde avec son regard. Je pense que là, mon pied, elle pourrait me l'arracher. J'aurais dû me taire. C'est dommage, pendant un instant elle a pris soin de moi, m'a assis sur le canapé, a essayé d'évaluer la blessure. Peut-être même aurions-nous fait l'amour si je m'étais tu. Par pitié. Mais sa pitié ne m'intéresse pas.

— Écoute, je suis pas docteur, moi ! Faut aller aux urgences.

— Non, pas les urgences. Je hais les urgences. Je hais les urgentistes.

— Hein ?

— Aïe...

— T'as... Bon qu'est-ce qu'on fait alors ? Tu veux te faire amputer ?

— Aïe...

— Ça t'apprendra à être con. T'aurais pu te tuer.

Un silence. Elle va sur le petit balcon. S'allume une cigarette. Regarde en bas. Évalue certainement la distance de mon saut. Puis me regarde.

— Jean... je t'ai trompé une fois.

Quelle intelligence ! Quelle finesse d'esprit ! Quel à-propos ! En une phrase, elle réussit à faire monter la douleur de mon pied vers ma tête.

— Je sais.

Mais je n'ai jamais voulu t'en parler. C'était notre secret. Que je ne désirais pas que l'on partage ensemble.

— Tu sais ? Tu sais quoi ?

— À peu près tout.

Je la vois blêmir. Sa peau si claire devient presque transparente. On dirait que je prends la main. Alors j'attends. C'est si rare d'être en avance sur elle que j'en profite un peu. Je la regarde. Elle me fixe mais ses pupilles ne peuvent s'empêcher d'aller dans tous les sens comme si elles s'affolaient. Elle n'arrive pas à les contrôler.

Mais elle se tait. Elle ne sait pas vraiment si je mens ou si je sais. Mais je sais. Et je ne parviens pas à soutenir son silence.

— Je l'ai senti tout de suite. Quand je t'ai emmenée aux urgences. J'ai vu tout de suite comment cet interne arrogant te regardait. Et tu avais beau être dans le coma, je savais qu'il te plaisait aussi.

Je la sens sciée. Serais-je en train d'exceller ?

— Mais... non... enfin... Non Jean, ce n'est pas ça... Mais... Comment ? Comment tu as pu le savoir ?

Et là, j'ai la grâce. Je ne réponds pas.

— J'étais... J'étais perdue. Tu le sais. J'avais voulu mourir. Enfin, non, pas mourir. Je voulais dormir. J'étais fatiguée. Je voulais juste m'arrêter un instant. Faire une pause. De nos souffrances. De nos peurs. De nos excès. Je voulais... J'avais besoin de dormir. Quand je me suis réveillée à l'hôpital, que je t'ai vu, défait, anéanti, là j'ai voulu mourir. Ta tristesse était si... si profonde, que je voulais disparaître pour ne plus jamais te blesser. Mais je n'en avais plus le courage. Ce qu'ils ont trafiqué pour faire sortir de mon corps tout ce que j'avais avalé m'avait épuisée. Je n'avais plus la force de mourir. Et puis cet homme... Cet homme venait me voir tous les jours. Il attendait que tu ne sois pas là. Il avait de l'assurance. Il me faisait rire. Me réconfortait. Me séduisait. Et puis il devenait de plus en plus entreprenant. Prenait de moins en moins de détours et puis...

J'ai mal. J'ai mal à la tête. J'ai mal au ventre. J'ai mal au pied. J'ai mal partout.

— Ne rentre pas plus dans les détails Gabrielle.

— Si. Si, je veux que tu saches. Je veux que tu saches pourquoi. Une nuit, la veille de ma sortie, il est venu dans ma chambre. Pour me dire au revoir. Il m'a dit qu'on ne se reverrait certainement plus mais qu'il ne s'arrêterait jamais de penser à moi. Et puis il m'a parlé de son désir. Son désir pour moi. Qui l'envahissait. L'obsédait. Il le décrivait avec des mots choisis pour me troubler, pour m'ouvrir, pour que je m'offre à lui. Mais je n'en avais pas envie. Je n'ai jamais eu envie d'un autre corps que le tien. Mais je me suis dit que la mort que je désirais tant passerait peut-être par cet acte. La mort de nous. La mort de ce qui n'en finissait pas de nous empêcher de vivre. J'ai pensé que, peut-être, cet homme, lorsqu'il me prendrait, il prendrait avec lui tout ce que je ne voulais plus de nous...

Finalement, suis-je vraiment si fort aux échecs que je le prétends ? Pourquoi, lorsque j'ai le sentiment de dominer une partie, je laisse alors mon adversaire profiter de ce regain de confiance pour m'avaler d'un coup quelques instants plus tard ?

— Alors il m'a prise. Mais pas comme je l'imaginais. Lorsque je lui ai dit de venir, il a perdu toute sa confiance, toute sa supériorité. Ce n'était plus un jeune homme en face de moi mais un petit garçon. Et je n'aimais pas sa peau. Ni son odeur. Sa queue était molle. Ses gestes mécaniques. Je n'avais qu'une envie, qu'il en finisse au plus vite. Et te retrouver au plus vite. Car, plutôt que de nous tuer, cet acte nous a redonné la vie. Il m'a fait comprendre à quel point tu étais tout pour moi. Et pas parce qu'il ne savait pas me faire l'amour mais parce que je comprenais qu'aucun autre homme que toi ne pourrait plus jamais me toucher...

Elle pleure. Doucement. Sans faire de bruit. Et moi, quand elle pleure, pour quelque raison que ce soit, ça me brise. Alors je m'approche d'elle et la prends dans mes bras. Elle sanglote et moi la console.

— Ce n'est pas grave. Tu... tu as dû l'intimider. Il a certainement perdu ses moyens face à ta beauté. Il n'a jamais dû vraiment croire que tu aurais pu te donner à lui.

Qu'est-ce que je viens de dire ? Au lieu d'être en colère, de lui avouer à quel point cette histoire m'a torturé, a failli me tuer, au lieu de réagir comme un homme trompé, humilié, j'essaye de la rassurer et d'excuser cet homme qui a volé, l'espace d'une nuit, ce que j'avais de plus cher. Qui suis-je ? Comment ai-je été fabriqué ? Qu'a-t-on fait de moi ? Je reste perplexe devant cet homme que je ne connais pas. Elle aussi. Je pense qu'à cet instant elle se demande qui je suis vraiment. Mon étrange réaction a, au moins, le mérite de mettre fin à son chagrin.

— Pardon ? Attends, je ne suis pas sûre de comprendre. Tu m'excuses ? Et tu le plains ? Mais je suis où, là ? Avec qui ? Mais... tu es fou... tu es pire que tout.

— Gabrielle...

— Tais-toi ! Ou alors insulte-moi. Hurle-moi dessus. Conduis-toi comme un homme ! Mais...

mais comment j'ai pu t'aimer ? Comment j'ai pu m'en vouloir d'avoir fait ça ? Si j'avais su la compassion que tu aurais pour ce jeune con, mais je serais retournée le voir tous les jours pour le sucer jusqu'à ce qu'il se détende enfin et que tu puisses être satisfait. Mais tu es... Tu es... Je ne te connais pas. Je ne sais pas ce que je fais ici. Tu peux crever de la gangrène, je m'en fous. J'appelle un taxi et je m'en vais. Je m'en vais loin de toi. Loin de nous pour toujours, crois-moi.

Sa colère est froide. Et, forcément, elle me glace. Moi aussi, il y a un être en toi que je ne connais pas. Ou plutôt si, que je connais, que je connais même parfaitement, mais que je ne reconnais pas. Comme un corps étranger. Un intrus que l'on aurait introduit en toi à ton insu. Un être dur, violent, assassin, sans émotion, destructeur, sans discernement, sans compréhension. Un être qui me fait peur. Contre lequel je n'ai jamais cessé de me battre. Mais que je n'ai jamais réussi à vaincre.

Elle appelle un taxi.

— Il arrive dans cinq minutes. Je descends. Adieu.

— Attends. Attends... Quand... quand je suis venu te chercher le lendemain à l'hôpital, je l'ai vu te regarder de loin, et j'ai surpris ton regard répondre au sien, et j'ai compris... Je ne sais pas comment mais j'ai compris. Je suis retourné le soir même à l'hôpital. Je lui ai dit que tu m'avais tout avoué. Il n'a pas nié, et là... oui, là je suis devenu ce que tu dis, fou. Je n'étais plus moi-même, je l'ai attrapé par le cou avec une rage que je ne me connaissais pas et j'ai serré de toutes mes forces. Je ne pensais plus. Je n'avais plus de raison. Je voulais juste mettre fin à sa vie. Pour qu'il ne puisse plus jamais se souvenir, se délecter de cet instant passé avec toi. Je le voyais perdre connaissance. Je le sentais partir entre mes mains. Il ne pouvait rien faire. Et moi je le regardais mourir, et avec lui tout ce qui pouvait le rattacher à toi. Et puis des internes nous ont vus, ils se sont précipités sur moi, et m'ont roué de coups. Je ne pouvais pas me défendre, et de toute façon je ne voulais pas me défendre. J'espérais juste avoir été jusqu'au bout avec ton amant et que les autres me frappent aussi jusqu'à la mort. Rien de tout ça n'a eu lieu. Ils se sont arrêtés. À la demande de leur collègue qui reprenait son souffle. Il m'a dit, en se vengeant d'un dernier coup de pied dans la figure, que j'avais de la chance, qu'il ne porterait pas plainte. Cet homme ne sait pas ce qu'est la chance. Et puis ils m'ont jeté dehors. J'étais en sang et, ironie du sort, devant les urgences, sans pouvoir, bien sûr, retourner m'y faire soigner. Je suis rentré. Tu dormais. Le lendemain, je t'ai dit que je m'étais fait agresser dans la rue. Tu m'as cru. Tu n'as pas cherché à en savoir plus. Tu étais juste très amoureuse. À nouveau. Et rien d'autre ne m'importait... Ton taxi doit être arrivé. Adieu.

Aïe... Mon pied me refait mal. Je l'avais oublié. J'étais parvenu à aller jusqu'à elle sans problème, sans souffrir, mais la vie reprend son cours et je me tords de douleur. Mais sans un mot. Je m'assois. Elle me regarde. Sais-tu qui je suis maintenant ? Si oui, dis-le-moi. Car je ne le sais toujours pas.

C'est trop bête. Ses larmes se remettent à couler. Et ça me brise à nouveau. Elle est immobile. Toujours sur le petit balcon. Comme statufiée. Dans un effort surhumain, je m'approche d'elle.

— Ne pleure pas.

J'essuie ses larmes au fur et à mesure qu'elles sortent. Des dizaines. Je ne peux pas toutes les arrêter. Elle me serre dans ses bras. Je vois, en bas, son taxi repartir. Elle ne le prendra pas.

Je suis content.

# X

Du temps, je n'en ai pas pris beaucoup. Le soir même je sonnais chez elle.

— Déjà ?

Elle a souri. J'étais confus.

— Je ne peux pas... Je ne peux pas vivre sans toi. C'était de belles vacances. Nous étions tous les deux. Le reste, je m'en fous.

— Mon amour...

Pour un « mon amour » prononcé par elle, j'aurais pu donner un bras.

— Viens. Mais je ne suis pas seule.

C'était la première fois que je rencontrais son fils. Un visage lumineux, intelligent mais, tout de même, à mon égard, légèrement méfiant.

— Ça va ?

— Oui.

— Tu fais tes devoirs ?

— Oui.

— Tu y arrives ?

— Oui.

— Je vous laisse. Je vais faire à manger.

— Tu veux que je t'aide, Gabrielle ?

Dis oui, s'il te plaît. Je ne crois pas que nous ayons beaucoup d'atomes crochus ton fils et moi.

— Non, non, ça va.

Bon. Je vais essayer de me rendre indispensable aux yeux de cet enfant.

— Et toi, tu veux que je t'aide ?

Un silence.

— C'est quoi les douze mois du calendrier révolutionnaire ?

Un silence.

— Écoute, c'est assez facile. Mais si je te le dis, demain tu ne t'en souviendras plus. Donc, je préfère que tu cherches d'abord par toi-même dans ton livre et qu'ensuite tu me les récites. D'accord ? Je vais quand même aller voir si ta mère n'a pas besoin d'un petit coup de main.

Nous avons dîné tous les trois. J'essayais d'être drôle. De raconter des histoires. D'être rassurant, tendre, un tant soit peu autoritaire, compréhensif, médiateur. Bref, un condensé de père parfait. L'enfant me regardait avec une certaine espièglerie. Quelque chose qui voulait dire « laisse tomber vieux, ça fait longtemps que j'ai arrêté de m'attacher aux hommes de passage, garde tes forces pour plus tard, tu vas en avoir besoin ». Un petit génie, ce môme. Gabrielle, elle, me scrutait avec des yeux de louve. Elle évaluait certainement mes capacités à protéger et élever son petit.

Plus tard, dans son lit, Gabrielle et moi avons parlé une grande partie de la nuit. Avec une légèreté qui nous avait un peu quittés ces derniers temps. Je la sentais heureuse. Sans préoccupations particulières. Sans parasites.

— Voilà, tu connais tout de moi, maintenant. Tu en as toujours envie ?

— Toujours. Plus que jamais. Même si, il faut que je t'avoue, je ne sais pas fabriquer de cabanes en forêt ni faire des objets incroyables avec juste une serviette en papier, comme certains pères. Mais j'apprendrai. Je te le promets. Je lui ferais des cabanes et... plein d'autres trucs...

Je me souviens de la tendresse de son geste sur mon visage à cet instant-là. Un geste qui vous marque à vie, comme un tatouage. Comment survivre à un geste pareil ?

— Et toi, tu en as toujours envie ?

— Si j'ai toujours envie ?

Elle a pris ma main, l'a descendue vers son sexe, et me l'a fait effleurer. Elle était trempée. Sans équivoque aucune, son envie était toujours là.

Les jours se succédaient. Les nuits aussi. Avec des hauts, des bas et des milieux. J'ai oublié certaines de nos ruptures. Il y en a eu un nombre trop important. Car elle me quittait souvent. Non pas réellement pour se séparer de moi, mais pour reprendre son souffle, arrêter notre course, laisser les corps reposer et nos esprits se refroidir. Au début, ces séparations me tétanisaient. Et puis, petit à petit, ayant compris le principe, elles m'épuisaient juste. Parce que, sans Gabrielle, ma tension augmentait, mon cœur s'emballait, j'étais sujet aux sueurs froides, le repos m'était impossible. Finalement, ces ruptures n'ont jamais produit l'effet désiré.

— Je ne peux plus. Mon esprit est encombré, Jean. Il faut arrêter. Je sais que tu me quitteras. Qu'un jour tu croiseras une femme quelque part, plus légère, plus simple, plus disponible, plus tout. Et elle te proposera de t'emmener loin de nous. Et tu la suivras. Sans trop réfléchir. Je m'endors tous les soirs avec cette boule dans le ventre. Et quand je me réveille, elle est toujours là. Elle ne me lâche jamais. Je veux qu'on se sépare. Mais ensemble. C'est une décision que l'on doit prendre ensemble. Je ne veux plus que tu reviennes me chercher ou même que tu m'attendes. Si l'on veut se détacher, il faut le décider tous les deux. Tu comprends ? Tu me comprends ?

— Non. Quitte-moi autant que tu veux. Moi je n'arrêterai jamais Gabrielle. Tu es ma vie. La seule. Je n'en veux pas d'autre. Non. Je ne te quitte pas. Je ne te lâche pas la main. Mais tu peux retirer la tienne.

— Tu ne comprends pas. Tu ne comprends rien. Je ne suis pas heureuse. Je vis dans l'angoisse permanente de te perdre. Et je préfère savoir que je t'ai perdu plutôt que d'être dans cette crainte constante. Je ne suis pas faite pour l'amour. Pas pour cet amour-là.

Je lui ai pris la main. Je lui ai dit que si elle lâchait la mienne, mon cœur s'arrêterait avec. Elle l'a gardée.

Une autre fois.

— Je sais que je te fais du mal. Je nous en fais à tous les deux. « Transfert de mes émotions sur l'autre ? » Oui, bien sûr, sans aucun doute aucun. Je n'arrive pas à te regarder comme un être neuf, ni comme tu es tout simplement. Je projette mes angoisses les plus douloureuses sur ton visage, ton corps, tes comportements, jusqu'à l'absurde, la folie, l'agressivité, la suspicion, l'insatisfaction permanente, l'émotion débordante. Si j'avais pensé, et je crois l'avoir deviné, reproduire ce schéma encore une fois, j'aurais fui plus vite, plus fort... Mais ce n'est que l'amour ou ce que j'ai cru identifier comme tel qui a ralenti mon mouvement, ma seule excuse, si je dois m'excuser, et je le dois. Ma seule raison de rester trop longtemps. Te rejetant tout en m'accrochant. Le chagrin de notre séparation sera moins fort que celui de me voir nous détruire.

Cette rupture a été la plus longue. Je n'avais pas su quoi lui répondre sur le moment. Quelques jours de silence insoutenable.

Et dans le fond, je savais qu'elle avait raison. Que ce que nous attendions l'un de l'autre et ce que nous nous demandions n'était pas humain. Difficilement conciliable avec le reste de la vie. Mais j'étais prêt à sacrifier tout le reste. Tout ce qui n'était pas elle. Je n'étais en manque de rien d'autre qu'elle. Je savais qu'elle avait raison et pourtant je me battais pour lui prouver qu'elle avait tort.

« Gabrielle, du café où je t'écris, le soleil est en train de disparaître. Je note précisément l'heure. Quatre heures dix-sept. 16 h 17. Et tandis qu'il s'éloigne, je pense à toi, à ton propre éloignement, ta distance, et j'ai envie, besoin de t'écrire. Je sais que je peux tomber avec toi. Ton instinct de destruction est peut-être aussi fort que ton envie d'aimer et d'être aimée. Je le sais depuis le début et un peu plus tous les jours. Mais j'ai toujours pensé que nous étions différents des autres. Que notre union l'était. Et que ce qui allait en découler serait une nouvelle vie pour tous les deux. Tu y as cru aussi. Souvent. Et puis plus. Et puis encore. Et puis plus, encore. Je n'arrive pas à faire le lien entre la journée, la soirée et la nuit d'hier, et ta réaction d'aujourd'hui. Hier nous avions tout, l'évidence, nos corps, nos bouches, nos rires et même nos larmes, tout était là. Et puis aujourd'hui, en un temps qui me dépasse, plus rien. Oui, si tu penses que la finalité sera forcément tragique parce que tu ne peux pas faire autrement, tu as raison de partir. Mais non, nous pourrions affronter cette vie-là ensemble. Aujourd'hui je suis en colère. En colère contre toi. Ta paresse, ton renoncement, ton énième changement de température, à nouveau ce divorce alors qu'hier nous étions mariés. Et pour rien. Pour avoir été là. Pour être là. Pour t'aimer sans limites. Sans condition. Bien sûr, tu ne me fais pas de reproches. Et pourtant tu m'en veux. De t'aimer trop. De ne pas douter. Et non, je ne te reproche rien. Et oui, je t'en veux. De ne pas te laisser aller dans mes bras, de résister toujours, de ne pas avancer. Je suis en colère de te voir souffrir sans réagir. Je suis en colère que tu ne mettes pas ta force et ton intelligence au service de ton amour. Je suis en colère parce que je ne trouve plus de mots pour te dire que je suis à toi. Que tu peux te reposer sur moi. Je suis en colère de te voir encore tout détruire, toujours sans réagir. Je suis en colère parce que je t'aime plus que tout. Et que tout t'empêche d'être aimée. Et surtout je suis triste. Et surtout tu me manques.

Jean »

Et puis suivaient quelques périodes d'accalmie où mes mots, mes gestes, mon attitude la rassuraient totalement. Et ces instants étaient comme des trésors. Parce que rares. Parce que nos peurs s'intensifiaient de jour en jour. Que nous étions à longueur de temps en alerte. Et qu'un bombardement pouvait surgir à tout moment sans prévenir. La tranquillité n'avait plus de place dans notre histoire.

Une nuit, une nuit où rien ne manquait, une nuit qui faisait oublier toutes les ruptures du monde, toutes les difficultés de la vie à deux, qui faisait oublier tout ce qui n'était pas le bonheur d'être ensemble, où nous avions fait l'amour avec amour, l'accord parfait, Gabrielle était piquante, drôle, libre, décalée. Elle avait joui beaucoup et, comme à chaque fois dans ces cas-là, elle était d'une décontraction merveilleuse.

— Tu n'as jamais eu envie d'un homme ?

— Pardon ?

— Tu n'as jamais eu envie d'essayer avec un homme ?

— Euh... non, pas vraiment.

— Je suis sûre que ça te plairait. Vu ta sensibilité, ta réactivité, tes petites fesses qui s'ouvrent si vite, si facilement à mes doigts, je suis sûre que tu adorerais l'expérience d'un homme. Et moi, je crois que ça me rendrait folle de te voir... te faire prendre. Être là, vous regarder, vous accompagner, vous aider. Rien que d'y penser, je... ça y est, je suis toute...

— C'est... pourquoi pas... dans l'idée... mais je ne sais pas si je pourrais vraiment me laisser aller... c'est... particulier...

— Je serais là. Je m'occuperais de toi. Et... non, j'arrête ça m'excite trop. Et tu as raison, tu aimes trop les femmes pour ça. Ça serait tellement bon pourtant...

Bon. Aucun tabou, aucune limite. Et malgré tout, ce qu'elle me demandait là commençait à les atteindre un peu, mes limites. Mais voilà. L'idée de la voir nous observer devant nos ébats, de jouir avec nous, l'idée de vivre tout ce qui pouvait lui faire du bien, sans penser vraiment à moi, juste elle, son plaisir, ses désirs, aller jusqu'au bout de tout, oui, cette idée-là m'enlevait peut-être mes dernières limites.

Ça revenait de temps en temps. Lorsqu'elle évoquait ce désir de me voir avec un autre homme, elle perdait immédiatement tout contrôle de ses sens et partait dans une envie de sexe démesurée. Et moi, je l'accompagnais, virtuellement, dans ce projet qui semblait provoquer chez elle une perspective de plaisir encore jamais atteint. Et, me laissant aller, ce plaisir commençait à déteindre sur moi. Ce n'était pas encore concret, je n'arrivais pas encore à imaginer qu'un homme puisse entrer en moi, mais je parvenais à identifier de façon très précise ce que cela pouvait déclencher chez Gabrielle.

— Je crois que j'en ai envie.

— Quoi ?

— Je crois que j'en ai envie aussi. Toi et moi et... un autre. Un autre pour moi. Mais qui ne te toucherait pas. Et qui me ferait tout... tout ce que tu lui demanderais. Je crois que j'en ai envie. Et que je suis prêt.

— Mais non, Jean. Tu dis ça pour me faire plaisir. Tu n'assumerais jamais. Et puis ça reste un fantasme. Quelque chose qui me perturbe effectivement mais rien d'autre qu'un fantasme. Tu ne me le pardonnerais jamais. Il n'y a pas moins homosexuel que toi.

— Quand j'y pense, quand j'imagine cette situation avec toi, le plaisir que cela pourrait te donner, je crois que je n'ai envie de rien d'autre en ce moment.

Où je vais, là ? Trop loin pour reculer. Je ne crois pas être capable d'aller au bout de cette aventure. Mais je suis trop lâche pour renoncer. Ce n'est pas du courage. C'est la peur de la perdre. Encore. Et toujours. Lui donner tout. Sans limites.

Elle n'y croyait toujours pas. Je me retrouvais donc dans la situation de celui qui devait la convaincre de faire une chose qui n'était pas, comment dire, le but de ma vie.

— Je crois que je suis homosexuel.

— Pardon ?

— C'est vrai, je crois que je suis homosexuel. Cette idée ne me quitte pas. J'ai envie qu'un homme me prenne. Et que tu assistes à ça. J'en ai profondément envie. Je pense vraiment être homosexuel. Et que tu es la seule femme avec qui je ferai une exception.

Bien sûr, elle ne m'a pas cru. Mais elle a ri.

— Je suis certaine que c'est le rêve secret de toutes les femmes. Avoir un homme qui ne regarde que les hommes et aucune autre femme. Je ne te crois pas mais je vais faire un peu semblant.

— Tu n'as pas le droit de douter de mon homosexualité. C'est une confidence très intime que je te fais là. Respecte-moi. Respecte ma différence.

— Tu es fou.

Elle a ri encore. Où je continue à aller, là ? Jusqu'où pour la rassurer ? Lui dire qu'aucune autre femme qu'elle ne pourra plus jamais m'atteindre. Je sais qu'en plus de l'excitation provoquée par une telle situation, son désir de m'écarter de toutes les autres femmes contribue aussi à cette nouvelle envie. Je l'accepte.

J'ai presque fini par la convaincre de ma sincérité. Et nous avons décidé de nous lancer dans cette expérience.

Il n'a pas été trop difficile de trouver un partenaire. Gabrielle s'est occupée de tout. L'approche, la discussion, les allusions, et pour finir un rendez-vous chez moi, le soir même, afin d'éviter d'avoir à trop y réfléchir. Je la regardais manœuvrer avec une certaine admiration. Rien ne pouvait plus l'arrêter. Personne n'aurait pu lui résister. Et sa proie semblait plus que ravie à l'idée de passer du bon temps avec nous.

Il est arrivé un peu en avance. Certainement pressé de vivre ce que nous avions à vivre. Très élégant. Je crois qu'il était plutôt beau garçon. Un peu blond mais pas trop. Un peu efféminé mais pas trop. Pas trop grand, assez fin. Et ne me donnait pas l'impression qu'il pouvait me faire trop de mal. Nous avons bu un verre. Par hospitalité dans un premier temps mais surtout pour nous détendre. Car il me semble que nous avons tous été pris d'une petite secousse de panique. Même Gabrielle semblait un peu hésiter. Peut-être allions-nous considérer cette rencontre comme une première approche et remettre notre projet à une prochaine fois.

Mais le vieil adage « ne remets pas à demain ce que tu peux faire le jour même » s'est avéré de circonstance. En gros, si tu as l'occasion de te faire sodomiser aujourd'hui, pas la peine d'attendre demain. Gabrielle a pris les choses en main. Sans jeu de mots. Elle a commencé par enlever ma chemise devant notre jeune ami. À voir son sourire ravi, apparemment j'étais à son goût. Elle m'a embrassé le torse, léché le ventre puis, doucement, a ouvert mon pantalon et sorti mon sexe très intrigué par ce qu'il était en train de vivre. Elle l'a rentré dans sa bouche, délicatement, et en face j'ai vu que l'invité du jour, n'en pouvant plus, était déjà nu et qu'il ne cachait pas son désir pour moi, ou nous.

Gabrielle l'a vu aussi. Je crois qu'elle a joui une première fois. Et puis elle m'a retourné et a commencé à me caresser avec sa langue, mon dos, mes fesses et puis le reste. La préparation avait commencé. Mon futur dominateur, désormais derrière moi, laissait jaillir de petits sons qui exprimaient sans doute une impatience de plus en plus difficile à réprimer. J'ai senti de l'agitation dans mon dos. J'ai tourné la tête et vu Gabrielle rapprocher notre petit presque blond, lui installer un préservatif, et l'amener doucement vers moi. J'ai compris qu'elle jouissait pour la deuxième fois.

Et puis, ce qui devait arriver, donc, arriva. J'ai senti que quelque chose s'introduisait en moi. Je n'ai pas pu m'empêcher de crier un peu. Il ne faut pas oublier que j'étais encore vierge. Et j'ai entendu qu'à ce moment-là, Gabrielle jouissait encore, pour la troisième fois. Voilà, j'étais pris. Je sentais ses va-et-vient à l'intérieur de moi. Ça remontait jusque dans mon ventre, mon cœur et même ma tête. Je ne pouvais plus lutter, juste me laisser aller. Je n'éprouvais ni plaisir, ni répulsion. Je n'étais que dans le ressenti des tremblements que cela provoquait dans mon corps. Et puis Gabrielle s'est déshabillée. A pris un peu de recul. Et s'est masturbée devant nous comme si elle ne l'avait jamais fait de sa vie. Avec une frénésie de la première fois. Je la voyais jouir avec une constance incroyable. Quatre, cinq, six, sept, huit... Et puis j'ai arrêté de compter car son excitation avait définitivement réveillé la mienne et me suis laissé envahir par un plaisir fou, vertigineux, et, bien sûr, totalement nouveau...

L'autre a joui très fort, du moins très sonore. Je sentais ces spasmes vibrer en moi. Gabrielle, bien sûr, a joui une nouvelle fois. Il s'est retiré. Et je suis allé retrouver l'amour de ma vie pour la prendre comme elle me suppliait de le faire. Jamais ça n'avait été aussi sauvage, aussi animal. Nous avons hurlé de plaisir comme jamais. Nous étions épuisés, à terre, vaincus par le plaisir. Elle a demandé au jeune éphèbe de s'en aller. Ce qu'il a fait en nous gratifiant d'un « merci beaucoup ». Et nous sommes restés une éternité sur le sol, à nous embrasser. Serrés l'un contre l'autre, comme pour nous rassurer l'un et l'autre. Et nos baisers, si beaux, si doux, si fusionnels, nous donnaient un vertige encore plus fort. Rien d'autre à ce moment-là n'avait d'importance.

Nous ne faisions pas la différence entre s'embrasser et le reste...

# XI

— Tu as dû me haïr...

— Oui... non...

— Je m'excuse, Jean... Je m'excuse pour tout... C'est pour ça que je voulais te voir aussi... Pour te dire à quel point j'étais désolée... de tout... de tout ce qui a pu te faire souffrir...

— Je n'étais pas seul. Moi aussi je t'ai fait du mal. Je n'ai pas su te protéger. Je n'ai pas su te rassurer.

— Non, tu n'as rien à te reprocher. Tu étais là, et je sais que tu m'aimais au-delà de tout et...

— Si j'avais su t'en convaincre vraiment, on ne se serait jamais séparés. Non, je n'ai pas su...

— Si...

Dialogue assez inattendu à cette heure avancée de la nuit. Une surenchère d'excuses. De pardons. À qui la faute. À moi. Non, à moi. Si si, j'insiste. Non non. Si j'étais spectateur de cette scène, je crois que je glousserais un peu.

— Tu as mal ?

— Un peu.

— Tu veux que je te fasse une aspirine ?

— Ah oui, avec plaisir.

Et la voilà qui s'affaire à me préparer ma boisson préférée. Mais l'illusion d'être à nouveau un couple uni n'est que de courte durée.

— Gabrielle ?

— Oui ?

— Ton... Ton amoureux, tu lui as fait connaître aussi les joies de la pénétration masculine ?

Pourtant ma question n'avait rien d'une provocation. Elle était même enrobée d'un léger ton badin. Pas de quoi s'énerver. Gabrielle revient, mon verre d'aspirine à la main. Je l'entends encore se dissoudre dans l'eau. Elle s'approche de moi. À son expression, impossible de deviner la suite. Elle me jette l'eau frétillante à la figure. Un temps.

— Pardon mais je crois que c'est beaucoup moins efficace comme ça.

— Merci de me rappeler de temps en temps la personne stupide et vulgaire que tu es.

— Euh, de rien. Qu'est-ce que j'ai dit ?

— Non, je ne vis pas avec lui ce que nous avons vécu. Parce que ce que nous avons vécu est à nous et ne pourra jamais se revivre. Oui, tu es stupide d'en douter une seconde. Et oui, tu es vulgaire de parler de ça comme ça.

— Bon, tu m'as répondu. Voilà. Je pensais à ça et j'avais envie de savoir. Maintenant, j'ai toujours mal au pied et je suis toujours partant pour une bonne aspirine, que j'avalerai d'une manière un peu plus traditionnelle, si tu veux bien.

Gabrielle se demande quoi faire. S'en aller encore une fois serait peut-être trop prévisible. Alors, avec une sagesse digne des plus grands moines bouddhistes, elle décide de céder à ma demande. J'ai quand même envie de poursuivre sur le sujet. Même si je sais que l'on va bientôt être à court d'aspirine.

— Je... Tu n'as jamais eu envie de savoir comment je l'avais vécu ? On en a jamais parlé. Ni même évoqué.

— On l'a fait, c'est tout. Pas la peine d'en parler.

— Tu imagines que ça aurait pu être une expérience traumatisante pour moi ? Ou déterminante ? Tu ne me demandes même pas où j'en suis aujourd'hui. Si ça se trouve, je vis avec un homme, que j'aime, et je suis très heureux. Et tout ça, grâce à toi. Je suis très étonné de ta non-curiosité.

Elle revient avec le verre.

— Gabrielle, j'ai vraiment envie de la boire cette aspirine...

Elle me tend mon médicament. Je le bois doucement, comme un whisky.

— Qu'est-ce que tu essayes de me dire, là ? Je t'ai traumatisé ? Tu m'en veux de ça aussi ? C'était bon, Jean. Comme tout ce que nous avons fait ensemble. Et c'était pur. Comme nous l'étions tous les deux. Je sais que tu l'as fait pour moi. Ou pour nous. Je sais que nous l'avons vécu comme une communion. Je sais que tu ne l'aurais jamais fait sans moi. Et que tu ne l'as certainement jamais refait. Tu veux vraiment qu'on parle de ce qu'on sait déjà ?

Je la regarde. J'essaye de deviner ce qu'elle ressent profondément aujourd'hui. Et, profitant de l'occasion, ce que je désire réellement moi-même. Peut-être sommes-nous allés trop loin. Atteint les réserves de l'impossible. Franchi les limites à ne pas dépasser. Peut-être avons-nous déjà vécu tout ce que nous avions à vivre. Et que de recommencer serait simplement de l'acharnement. Peut-être aussi que jamais je n'ai regretté une seule de nos aventures, que jamais je ne me suis ennuyé ou lassé à ses côtés. Et que jamais je n'ai retrouvé chez quelqu'un cette capacité à transformer la vie en...

autre chose, qui n'a pas de nom. Et que je ne le retrouverai jamais.

— Non, tu as raison n'en parlons pas. Ne parlons plus. Tout est dit. Et ce qui n'a pas été dit n'a plus besoin de l'être.

— Tout... tout est encore là... en moi... je me souviens de tout...

— Je n'aurais peut-être pas dû t'emmener là où tu voulais aller. C'est ça que tu me reproches dans le fond. De t'avoir rendue vulnérable à tes propres envies. À ce que tu désires et ce que tu hais en même temps. J'ai accepté ce que tu étais alors que tu n'avais peut-être qu'un rêve, que je t'en éloigne le plus possible.

Je finis mon aspirine.

Je crois en la réincarnation. Des êtres, des sentiments, de la connerie, de l'intelligence et tout ce qui peuple la terre. Je crois en la réincarnation comme un relais. Une idée peut se réincarner dans la tête d'un individu, évoluer puis se réincarner encore ailleurs, et encore évoluer. Ce que je vis aujourd'hui, je le vis probablement parce qu'un type, il y a trois mille ans, a simplement poussé une brouette. Son action s'est réincarnée en une autre, puis une autre, puis une autre, jusqu'à nous ce soir. L'espèce humaine a toujours été, et est toujours, en évolution. Nous sommes des mutants. Mais ce qui est paradoxal, c'est qu'il a été démontré que l'Homme, par nature, est néophobe. La nouveauté lui fait peur. Nous vivons donc dans ce conflit et cette contradiction perturbante entre notre évolution naturelle et la peur de celle-ci. Ce qui est bien réglé dans cette histoire, c'est que cette évolution se fait en douceur, de manière presque imperceptible. Mais je reste persuadé que ce conflit intrinsèque est la base de notre problème.

— Tu as raison, Gabrielle. Il est peut-être plus sage de se séparer.

— C'est-à-dire ?

— Il vaut peut-être mieux mettre fin à notre histoire. Elle nous fait peur. Comme elle nous attire. Nous construit. Comme elle nous détruit. L'équilibre est impossible. Comme il est peut-être impossible sur cette terre.

— Oui, c'est très joli tout ça, mais je te rappelle, sans vouloir te froisser, que ça y est. Que... comment dire... terminée, notre histoire, elle l'est depuis bientôt un an. Donc... Enfin, en gros, si je te résume bien là, tu me quittes, c'est ça ?

Voilà, c'est ça, Gabrielle, je te quitte. Je me sépare de toi. Je déchire mon cœur en deux et t'en rends la moitié. Oui, je m'arrête là. Il est temps maintenant.

Je décide de prendre une bouffée d'air sur mon petit balcon. Depuis qu'elle est arrivée, je crois que je ne me suis pas arrêté une seconde. En fait, pour être plus précis, je ne me suis pas arrêté un instant depuis le jour où j'ai croisé sa nuque et un quart de son profil sur cette terrasse de café. J'ai besoin d'une pause. Un moment pour moi.

— Jean... s'il te plaît... Tu ne vas pas recommencer...

Je l'aime. Je l'aime plus que tout. Rien n'a changé. Je voudrais finir ma vie avec elle, être enterré à ses côtés, que nos os soient enlacés pour l'éternité. Je ne désire rien d'autre. Mais je dois me résoudre à l'évidence. Je ne peux que me résigner. Alors s'il te plaît, Gabrielle, laisse-moi quelques minutes de recueillement. Laisse-moi redevenir l'homme que j'étais avant de croiser la femme que tu es. Laisse-moi me retrouver. Je ne sais pas qui je suis depuis que je t'ai rencontrée mais je sais à peu près ce que j'étais avant. Un homme lucide, acceptant le vide de l'existence avec une certaine philosophie. Acceptant que le sens de la vie c'est qu'il n'y a, justement, pas de sens. Ton arrivée a tout chamboulé. J'aimerais retourner en arrière. À cette époque où je ne savais pas encore que le seul et unique sens de ma vie était de vivre et mourir avec toi.

— Écoute... et je ne dis pas du tout ça pour t'empêcher de sauter à nouveau, après tout si tu as besoin de sensations fortes, c'est ton problème Jean, c'est juste pas très sympathique pour les voitures des gens du quartier, mais bon... Je... je t'ai menti... un peu... Si j'ai décidé de venir ce soir, ce n'est pas uniquement pour m'excuser ou prendre de tes nouvelles... c'est aussi pour... te dire aussi que... je... je n'ai jamais arrêté de penser à toi...

Bon, c'est raté, pour mes petites retrouvailles personnelles.

... Je n'ai jamais cessé d'imaginer ce que tu vivais. Avec qui. Si tu étais heureux. Malheureux... Si tu pensais... si tu pensais encore à moi. Ou pas du tout. J'ai toujours espéré te croiser un jour par hasard, te revoir, et savoir quel effet ça produirait en moi. Et peut-être que... peut-être que ce n'était pas tellement un hasard. Peut-être, qu'inconsciemment, je traîne depuis quelques jours, près de toutes les terrasses de café où il est possible d'apercevoir un rayon de soleil. Je dis bien peut-être, je ne suis sûre de rien. Peut-être que toi non plus tu ne m'as jamais quittée... Et peut-être... que moi non plus je n'arrive pas à vivre sans toi...

Je me pose une question. Aurais-je re-sauté sans m'en apercevoir ? Serais-je étalé, mort, sur le bitume, sans même m'en rendre compte ? Et si oui, est-il possible d'entendre la voix des vivants lorsque l'on est de l'autre côté ? Ou bien le paradis, ou l'enfer, en admettant que l'un ou l'autre existent, consistent-ils à bien se foutre de la gueule du monde ? Ou bien Gabrielle est-elle complètement bourrée ? Beaucoup de questions, en fait.

# XII

L'homme qui doute.

Un homme qui vivait perpétuellement dans le doute quant à la fidélité de sa femme, demande à son meilleur ami de la surveiller et de lui rendre compte de tous ses faits et gestes. Un jour, cet ami lui fait le récit de ce qu'il a vu. « Elle est allée dans un café... », « Et après ? », « Elle s'est assise à une table et a commandé un verre... », « Et après ? », « Dix minutes plus tard, un homme est arrivé et s'est installé à sa table... », « Et après ? », « Ils ont bu un verre ensemble et, au bout d'une demi-heure, se sont levés et ont quitté le café... », « Et après ? », « Je les ai suivis, ils sont entrés dans un hôtel... », « Et après ? », « J'y suis allé aussi et, ayant entendu le numéro de leur chambre, j'ai demandé à prendre celle d'à côté... », « Et après ? », « Les murs étaient très fins, j'ai donc pu discrètement faire un petit trou dans la cloison pour pouvoir les observer... », « Et après ? », « Je les ai vus se déshabiller... »,

« Et après ? », « Et après ils ont éteint la lumière, je ne sais pas ce qu'il s'est passé. »
Et l'homme continua de douter. Le doute, toujours le doute...

C'était la fin. Je le savais. Je le sentais. Mais je ne pouvais pas m'y résoudre. J'étais trop lâche. Je préférais que nous souffrions tous les deux plutôt que de nous aider à accepter la fatalité. Je préférais encore vivre quelques derniers instants plutôt que l'arrêt net, brutal. Encore un peu. Encore. Je repoussais sans cesse l'inévitable. Oui, quelque chose était fini ou devait se finir. Peut-être la première partie de notre histoire. Ou peut-être notre histoire tout entière. Il fallait y mettre fin. Mais j'en étais incapable.

— C'est moi.
— Gabrielle... ça va ?
— Oui. Tu es où ?
— Dans un café. Je pensais à toi. Hier. Cette nuit...
— Moi aussi... je suis encore dans cette étrange électricité de... de nous... de nos actes amoureux... qui basculent de la douceur à la violence, de la pureté à la perversité, de nos langues qui se mêlent et rythment le mouvement de nos corps. Ta queue dans ma bouche ou dans mon sexe, mes seins qui

grossissent à force d'être malaxés et aspirés... pleine de tout cela... Et puis... cette émotion qui nous donne les larmes aux yeux... Au plus profond de notre intimité, je perds tout ce que je sais, car, à cet instant précis, il n'y a plus d'avant, il n'y a plus d'après... Ta langue n'a jamais été si douce, abandonnée, cherchant des nids dans les trous de mon corps... Jean...

— Oui...

— Je t'aime... Je t'aime comme je n'ai jamais aimé. Je le sais maintenant. J'en suis sûre. C'est avec toi que je veux être, que je veux vivre... À tout à l'heure...

Ce soir-là, nous dînions tous les trois, avec son fils. Il commençait à m'apprécier. Il avait compris tout le bien que je voulais à sa mère. J'étais devenu son allié. Elle semblait heureuse. Alors moi aussi. Et puis, soudainement, le ton est monté. Une malheureuse histoire de chien qu'elle s'apprêtait à donner parce elle ne pouvait plus s'en occuper, et son fils qui s'y refusait. Elle était fatiguée. N'avait pas la force d'argumenter. Et lui, bien l'intention d'aller au bout de son idée. Elle, lui a demandé, assez sèchement je dois avouer, de la fermer, que ça allait maintenant, qu'elle était épuisée, qu'elle avait bossé toute la journée. Mais lui, pas conciliant du tout, l'a ouvert encore plus. Le ton continuait à monter. Les deux se sont hurlé dessus. Puis plus rien. Silence. Je me suis resservi. J'avais faim. Son fils a éclaté en sanglots. J'ai oublié mon assiette et essayé de le consoler. Elle, a éclaté en sanglots à son tour. Je ne savais plus où donner de la tête. Je faisais des allers-retours. Son fils est parti dans sa chambre. Elle m'en voulait. De quoi ? Très incertain. Peut-être juste d'être là, probablement. D'assister à tout ça. Puis elle est allée voir son fils. Et me voilà seul avec ma salade. Qu'il est bon de dîner en famille, je me suis dit. Comment ai-je pu me passer aussi longtemps de cette joie ?

Une heure après, l'enfant est venu me voir. Il m'a dit que sa mère s'était endormie dans son lit. Il ne savait pas quoi faire. Pas de problème l'ami, je m'en charge. J'ai essayé de la réveiller doucement. Dans la pénombre, j'ai deviné son regard noir. Nous avons procédé à l'échange. L'enfant a repris possession de son lit. Et moi de sa mère. J'ai tenté de la réconforter. Mais, sans savoir pourquoi, un frisson m'a traversé. Une intuition. Une bonne intuition. Tout à coup, Gabrielle s'est mise à me laminer, me taillader, à me lancer des braises sur mon ventre et souffler dessus. Elle pensait que je ne pouvais pas comprendre puisque je n'avais pas d'enfants. Que, de toute façon, je ne comprendrais jamais rien, que nous étions en décalage permanent, qu'elle ne savait pas ce qu'on faisait ensemble et puis qu'elle ne pouvait pas être à la fois mère et femme et travailler la journée et... et que je devais trouver quelqu'un d'autre de plus disponible, qu'elle n'y arrivait plus, qu'elle avait besoin de dormir, qu'elle se sentait exsangue...

— Peut-être. Oui. Si tu veux. Mais je dis juste que tout ça n'est pas si grave. Qu'il ne faut pas dramatiser.

— On en reparlera quand tu auras un enfant !

Je pense qu'elle s'est retenue de rajouter « pauvre con ». Elle est retournée dans sa chambre. J'ai débarrassé la table. Éteint les lumières. Suis resté un instant seul dans le noir. Et je suis parti.

Quelques jours plus tard, elle avalait des médicaments. Effectivement, elle voulait dormir. Le plus longtemps possible. Je l'ai découverte à temps. Les urgences. L'urgentiste. Ma tentative de meurtre. Et puis nous, qui retrouvions instinctivement ce qui faisait que nous ne pouvions vivre l'un sans l'autre. L'évidence d'être ensemble. Mais aussi le doute, toujours le doute. De tout. D'être heureux, malheureux, de ne pas y arriver, de n'être pas les bonnes personnes l'un pour l'autre. Et puis nos excès. Qui nous attiraient et nous terrifiaient en même temps. Notre soif d'aller toujours plus loin, de nous confronter à nos propres démons, nos envies les plus enfouies. Et puis la peur. Envahissante. La peur de perdre comme de posséder. Une gangrène. Une spirale infernale. Impossible à stopper. Nous étions dans ce train à toute vitesse. Et personne ne pouvait l'arrêter.

Nous nous sommes séparés encore plusieurs fois. J'allais toujours la rechercher. Je l'empêchais toujours de nous détruire. Et puis un jour, j'ai accepté.

— Retrouve-moi au café à six heures. 18 heures.
— Tu ne peux pas te décider à choisir ?
— Choisir quoi ?
— 18 heures ou six heures. C'est pas compliqué. Ça revient au même. Ça m'agace.
— Non, effectivement, Gabrielle, je n'arrive pas à choisir. Je n'ai jamais pu. Il y a des gens qui savent très tôt s'il faut dire six ou 18, qui se positionnent très vite dans leur existence face à ce choix crucial, moi je n'ai jamais pu. Je ne sais pas pourquoi. C'est comme ça. Ça te faisait pourtant sourire... avant.
— Eh bien, maintenant, ça m'agace.
— À tout à l'heure. Six heures, au café... Dix-huit heures.

Je suis arrivé en avance. J'avais besoin d'un petit temps pour m'acclimater à l'endroit. Pour m'inscrire dans le décor de ce café où tout avait commencé et où tout allait probablement se terminer. La terre est ronde. Notre histoire l'était aussi. Nous avions fait un tour complet. Et pourtant, il me semblait que tant de lieux restaient à découvrir.

— Ça va, la forme ?

— Non, pas trop.

— Ah, qu'est-ce que je vous sers ?

Tu veux discuter ? Alors viens on discute.

— Vous avez cinq minutes ?

T'es mal là, tu la regrettes ta question.

— C'est que maintenant c'est un peu le rush des apéros...

— Un café, sans sucre.

Ça, c'est fait. En voilà un qui réfléchira un peu avant de poser des questions dont il se fout absolument des réponses.

Elle est arrivée à six heures pile. 18 heures. Une telle ponctualité, à ce point, est déroutant. Comment fait-elle d'ailleurs ? A-t-elle attendu devant le café pour y entrer à l'heure exacte ou bien possède-t-elle un talent particulier pour calculer la distance et le temps nécessaire, à la seconde près, qu'il faut pour se rendre d'un point à un autre ? C'est un mystère. Mais il y en avait un autre. Pourquoi mon esprit à cet instant-là était-il en train d'essayer de percer cette énigme sans réel intérêt alors que tant de choses allaient se vivre et se dire, ici même, à cette heure précise ? Et que mes mains commençaient à trembler de plus en plus. Et que la fièvre était en train de monter de mon corps vers mon crâne. Et que tout en moi me faisait mal au point d'avoir envie de hurler dans ce café.

— Qu'est-ce que je vous sers ?

— Une bière.

Nous nous sommes regardés sans rien dire. Comme si nous savions tous les deux la raison de ce rendez-vous mais que nous attendions de l'autre une phrase ou un geste qui annulerait tout et nous referait repartir ensemble de ce café, occultant cette séparation avortée.

— Je vous ai amené des chips.

Formidable, t'as pas des cotillons aussi pour que la fête soit plus folle ?

Elle boit une gorgée de bière. Elle est belle comme toujours mais peut-être encore plus. Elle est douce comme souvent mais pas toujours. Je l'aime comme jamais et comme peut-être jamais plus.

Mais je n'y arrive pas. Je n'arrive pas à sortir un mot et encore moins une phrase. Je n'arrive pas à nous libérer. Je pense qu'un sursis est encore possible. Et ce silence qui n'en finit pas.

— C'est la fin, non ?

— Oui, je crois.

Je ne sais plus qui de nous deux a parlé en premier mais je me souviens que c'est ensemble que nous nous sommes mis à pleurer jusqu'à nous étouffer. Et c'est tout. C'est tout ce que nous nous sommes dit. Nous ne pouvions plus rien dire. Car nous avions certainement tout dit.

Elle s'est levée. Je lui ai pris la main. Nous sommes restés un long moment comme ça. Je ne pouvais pas la lâcher. Et elle ne pouvait pas me lâcher. Et puis, sans un dernier regard, elle est partie. Je suis resté un instant seul, comme frappé d'effroi par un deuil inattendu, cette insupportable sensation d'être dans du coton. J'étais ailleurs. J'étais loin. Je n'étais plus de ce monde. Je n'avais plus aucun repère. Je ne savais plus comment bouger, ou simplement respirer.

Dans un dernier sursaut, une prise de conscience soudaine, quelques minutes plus tard, je me suis précipité vers la sortie pour la rattraper. Reprendre sa main. Et recommencer un autre tour du monde. En prenant bien le temps, cette fois-ci, de ne rien négliger. La porte était bloquée par deux femmes qui discutaient devant, sans donner aucune indication de mouvement. Je suis sorti, toujours dans cette urgence de vie ou de mort. Une des deux femmes s'est époumonée comme si elle voulait être entendu jusqu'à l'autre bout de la ville.

— Eh bien, la galanterie se perd !

Oui mais la parité se gagne. Connasse. Pardon, je n'ai pas le temps pour la grande scène que tout le monde attend. Je suis sorti du café. J'espérais la retrouver là, devant, m'attendant impatiemment. Me connaissant, elle se douterait bien qu'il y aurait ce sursaut. Elle n'y était pas. Et mon esprit m'a ordonné de la laisser partir, de nous laisser partir. Qu'il était trop tard pour revenir en arrière.

Je suis retourné dans le café. Mes deux copines ont fait une réflexion que je n'ai pas entendue car je n'entendais plus rien d'autre que mon cœur qui tapait comme pour s'extraire. Je suis allé me réfugier dans les toilettes. Mis de l'eau sur mon visage pour tenter de me réveiller de ce mauvais rêve ou parfait cauchemar. Mais rien n'y faisait. Car je ne dormais pas. Je tremblais de tout mon corps. Je ne tenais plus sur mes jambes, comme vidé de toute force vitale. Alors je me suis laissé tomber, recroquevillé sur le sol. Le regard dans le vide. Mes larmes coulaient mais je ne les sentais pas. J'étais dans le coma. Un coma éveillé.

Et je suis resté dans cette position, je crois, des jours et des mois...

Jusqu'à ce soir en fait.

# XIII

— Tu ne dis rien ?

Non, je ne dis rien. Je ne sais plus quoi répondre. Je ne sais plus quoi penser. Je suis happé par une lueur naissante. Le jour se lève doucement. Une belle couleur orangée envahit le ciel. Il fait doux. Je préfère m'abstenir de parler et jouir de ce spectacle apaisant. De toute façon, je l'ai bien compris, je ne sais pas comment réagir. Je ne sais pas ce qu'il faut dire. Mon intelligence supposée est toujours dépassée par la complexité de ta personne. Alors je me tais. Et t'écoute, et t'entends.

— Tu... tu pleures ?

Non, je ne pleure pas. Ou très peu. Je suis bien. Je suis calme. Je n'ai plus mal nulle part. Je veux juste prolonger cet instant le plus longtemps possible. Je sais que tout est éphémère. Mais ces minutes-là avec toi le sont plus que n'importe quoi d'autre au monde. Alors je les savoure. Comme une gorgée de bière. Oui, tu vois, je me mets aussi à la bière. Il semblerait, finalement, que je sois toujours amoureux de toi.

— Tu sais, le jour où... où c'est arrivé... où nous nous sommes dit au revoir... Je ne le voulais pas... Je ne voulais pas lâcher ta main... Je ne voulais pas partir... Mais j'ai pensé que c'est ce qui pouvait nous arriver de moins douloureux... Que nous prenions la bonne décision...

Qui un jour inventera la machine à vérifier les bonnes ou mauvaises décisions ?

... C'était une décision... adulte... nous avions fait un choix, il fallait l'assumer... C'est bien ce que tu me disais toujours non ? « Être adulte, c'est faire des choix et les assumer »...

Je t'en supplie, ne te réfère pas aux stupidités que j'ai peut-être articulées sous l'influence de mon désœuvrement.

Le ciel est maintenant presque bleu. Je crois que nous allons avoir une belle journée.

— ... Et puis...

Non, pourquoi « et puis » ? On pourrait s'arrêter là. C'est déjà tellement bien.

... J'ai fait quelques pas. Décidée à ne pas me retourner. Et puis... je me suis écroulée sur le trottoir. Comme aspirée par un trou noir. Le néant. Je ne pouvais plus rien faire d'autre que de m'engouffrer dans ce vide. Des passants me parlaient mais je ne les entendais pas. J'ai senti à quel point tu étais ma vie. À quel point l'idée de te perdre était un bouleversement de tout mon être. Une fragilité qui m'empêcherait à jamais de tenir debout. Qu'il ne fallait pas se lâcher. Que nous pouvions encore nous battre contre... contre tout ce que tu sais...

Je me demande ce que je vais faire quand Gabrielle sera partie. Dormir un peu ? Non, je n'y arriverai pas. Sortir, marcher dans la rue, m'asseoir dans un parc, regarder les gens profiter du beau temps, se tenir la main, s'embrasser, manger des gaufres. Oui, je vais faire ça. Il ne faut pas gâcher une journée pareille...

— ... Alors je me suis relevée. Et je suis revenue pour te dire tout ça. J'étais certaine que je te trouverais toujours assis à la même table. Probablement un peu triste. J'étais certaine que tu n'avais pas eu la force de t'en aller tout de suite.

C'est bête mais j'adore regarder les gens manger des gaufres. Ils s'en mettent partout. Je n'ai jamais rencontré personne qui ait trouvé la solution pour les déguster proprement.

— Jean...

Pardon, Gabrielle, je ne t'écoutais plus, je pensais à autre chose.

... Tu m'entends ?

Oui, maintenant oui.

... Je suis revenue dans le café et tu n'étais plus là. Et... et j'ai compris que tu avais raison. De ne pas rester, de ne pas me courir après, de ne pas essayer de me retrouver, de ne pas m'appeler. Qu'il fallait nous quitter. Car nous n'y arrivions plus. Tu avais fait un choix et tu l'assumais. Alors je devais le respecter. Te respecter.

Mais j'étais où ? Qu'est-ce que tu viens de dire ? C'est quoi cette histoire de gaufre ? J'ai pas bien compris. Quelque chose vient de m'échapper.

— Tu... tu es revenue me chercher ?

— Oui. J'ai fait ce que tu n'as jamais cessé de faire avec moi. Me rechercher. Toujours. Mais ce jour-là, moi je n'ai pas pu te rattraper...

Mais j'étais là. Enfin, j'étais juste là, à côté, dans les toilettes pour hommes. Il suffisait de pousser la porte et tu m'aurais retrouvé sous le lavabo. C'est ça que tu aurais dû faire...

— Tu pleures encore ?

Mais oui, je pleure. Je pleure d'être aussi con. C'est désespérant. Je me désespère.

— Arrête...

Je ne peux plus m'arrêter. Tu es revenue. Et moi je suis parti me cacher. J'étais comme mort. Et toi tu étais là, si près. J'étais pris en otage. En otage par ma douleur. Et toi tu voulais me libérer. Comment veux-tu après ça que je ne pleure pas...

... Je t'en supplie...

Je sens une main. Je sens un bras. Je sens un corps. Et une odeur si familière m'enveloppe d'un coup. Gabrielle me serre. De toutes ses forces. Et moi je ne peux plus m'arrêter de pleurer.

— Pardon, je ne sais pas pourquoi je pleure comme ça. Je suis... je suis un peu fatigué...

— Je vais m'en aller. Je crois que nous avions besoin de ce temps-là pour nous... Pour nous dire tout ce qui restait à dire. C'était une belle soirée. Je ne la regrette pas.

Elle dépose un baiser doux sur ma main. Qu'elle me tient un instant avant d'aller prendre son manteau. Je n'ai pas la force de dire un mot. Je suis comme sonné. Il faut que je la laisse partir. Il faut que je réfléchisse à tout ça. Il faut que je fasse un point sur ma vie.

Dehors, la fourmilière se réveille. Tous ces gens qui sortent de leur nid. Qui ont dormi sans se préoccuper de ce qui se tramait, là, au deuxième étage de cet immeuble, si près d'eux. Ils ne relèvent même pas la tête. Ils marchent. Ils nous ignorent. Ils ont raison. Comment pourraient-ils prendre parti pour l'un ou l'autre ? Leur discrétion à notre égard les honore. Gabrielle est sur le point de s'en aller. Je ne bouge pas. Je ne parle pas. Mais je pourrais encore lui dire tellement de choses.

— Au revoir, Jean. À bientôt, peut-être...

Au revoir, Gabrielle.

J'entends la porte s'ouvrir. J'aimerais lui demander de rester. Je voudrais tant qu'on s'endorme ensemble. Encore une fois. Me blottir dans son creux et ne plus bouger. Entendre sa respiration. Écouter son sommeil. Mais je ne sais plus ce qu'il faut faire. Je ne sais plus ce qu'il faut dire. Je ne sais plus rien.

— Gabrielle...

J'entends la porte claquer. Des pas sur le parquet. C'est elle. Elle revient doucement. Elle semble attendre quelque chose. Mais je ne sais pas quoi ajouter. Gabrielle... C'est tout ce qui me vient.

Elle s'est arrêtée au milieu de la pièce. Je me retiens de parler. Ce silence me paraît irréel. Qu'attendons-nous l'un de l'autre ? Quel geste, quel regard, quel mot ? Je décide de me rapprocher, espérant que le chemin à parcourir me donnera la

réponse. Mon pied m'étrangle mais je m'en fous. Le problème n'est plus là. Je suis devant elle. À quelques centimètres. Elle semble toujours me questionner du regard. Gabrielle...
Tout est dit.

Nous sommes l'un en face de l'autre, si proches. Mais rien ne se produit. Peut-être devrait-elle maintenant prendre la décision de s'en aller et de ne plus tenir compte des « Gabrielle » qui sortent de moi malgré moi. Et toujours cette distorsion du temps. Je crois que ce silence dure des heures. Mais je n'en suis pas sûr.

Et puis dehors, le bruit d'un klaxon résonne jusqu'à nous. Qui a dit que c'était un signal ? Quoi qu'il en soit, nous le prenons comme tel. Nos visages se rapprochent, nos bouches se rassemblent, nos lèvres s'atteignent. Je sens qu'une fébrilité commune nous envahit. Mais nous retrouvons, comme une évidence, nos baisers, nos baisers qui n'appartiennent qu'à nous.

Nous ne pouvons plus nous arrêter. D'ailleurs, arrêterons-nous un jour ? Nos baisers sont comme une première fois. Ou une dernière
La suite, je ne la connais pas encore.
Je l'attends.

*Merci à Denis Grombert*

*Composition réalisée par PCA*
*44400 Rezé*

*Achevé d'imprimer sur les presses de*

BUSSIÈRE

GROUPE CPI

*à Saint-Amand-Montrond (Cher)*
*pour le compte des Éditions Julliard*
*en octobre 2007*

N° d'édition : 48141/01. — N° d'impression : 073270/1.
Dépôt légal : octobre 2007.

*Imprimé en France*